I0664556

COURS COMPLET

DE LANGUE FRANÇAISE

(THÉORIE ET EXERCICES)

PAR M. GUÉRARD,

AGRÉGÉ DE GRAMMAIRE,

PRÉFET DES ÉTUDES AU COLLÉGE SAINTE-BARBE.

LEÇONS GRADUÉES ET EXERCICES

D'ANALYSE LOGIQUE.

LIVRE DE L'ÉLÈVE.

PARIS,

DEZOBRY, E. MAGDELEINE ET Cie, LIBRAIRES-ÉDITEURS,

Rue du Cloître-Saint-Benoît, 10

' (QUARTIER DE LA SORBONNE).

1855.

1226

Zzbc.1.

11424

LEÇONS GRADUÉES ET EXERCICES

D'ANALYSE LOGIQUE.

Tout exemplaire de cet ouvrage non revêtu de nos signatures sera réputé contrefait.

C.

Coulommiers. — Imprimerie de A. MOUSSIN. — 1855.

COURS COMPLET

DE LANGUE FRANÇAISE

(THÉORIE ET EXERCICES)

PAR M. GUÉRARD,

AGRÉGÉ DE GRAMMAIRE,

PRÉFET DES ÉTUDES AU COLLÉGE SAINTE-BÁRBE.

LEÇONS GRADUÉES ET EXERCICES

D'ANALYSE LOGIQUE.

LIVRE DE L'ÉLÈVE.

PARIS,

DEZOBRY, E. MAGDELEINE ET Cie, LIBRAIRES-ÉDITEURS,

Rue du Cloître-Saint-Benoît, 10

(Quartier de la Sorbonne).

ERRATA.

Page 4, ligne 29, après je, *sujet*, ajoutez : suis, *verbe.*

Page 10, ligne 6, au lieu de, *la* saphir, lisez : *le* saphir.

Page 12, ligne 8, au lieu de, que le complément est ordinairement etc., lisez : que le complément explicatif est, etc.

Page 17, ligne 4, au lieu de, m'est venue de cet homme (est partie), lisez : m'est venue (est partie) de cet homme.

Page 27, ligne 30, au lieu de, devenu la proie d'un intrigant, *com_ pl. déterm. de l'att.*, lisez : devenu, *attribut simple et complexe*; la proie d'un intrigant, etc.

Page 30, ligne 9, au lieu de, locutions conjonctives où entre le *que,* lisez : dans lesquelles entre le *que.* — Exemples : etc.

Ligne 35, au lieu de, *Je crois que Dieu est saint* et qu'*il est tout-puissant,* lisez : *Je pense qu'il est honnête et qu'il ne voudrait pas vous tromper.*

Page 36, ligne 13, au lieu de, *qui. que, dont, auquel,* lisez ; *qui, que, dont, lequel, auquel.*

Page 39, ligne 6, au lieu de, *ayant pour le compl.,* lisez : *ayant pour complément.*

Ligne 29, Qui, *suj. simple et incomplexe,* supprimez : *et incomplexe.*

Page 40, ligne 41, Qui, *suj. simple et incomplexe,* supprimez : *et incomplexe.*

Page 42, ligne 11, au lieu de, Unissons-les, mon père, etc., lisez : Unissons-les, mon frère, etc.

Page 46, ligne 12, au lieu de, mes, mon *et* mon, lisez : mes, mon *et* ma.

Ligne 17, au lieu, grand ouvrier de la nature, *att. simple,* etc., lisez : grand ouvrier, *att. simple,* etc.

Page 48, ligne 20. *Je,* sujet simple et incomplexe, supprimez : et incomplexe.

Page 53, ligne 13, au lieu, Qui chérit son erreur ne veut point la connaître, lisez : ne la veut pas connaître.

Page 55, au lieu de, *si autant qu'un ignorant*, etc., lisez : *si ou autant*, etc.

Page 58, ligne 13. L'un, *sujet simple et incomplexe*, supprimez : *et incomplexe.*

Ligne 34, au lieu de, le bonheur et la témérité, lisez : le bonheur ou la témérité.

Page 64, ligne 19, Il, *sujet simple et incomplexe*, supprimez : *et incomplexe.*

Page 65, ligne 16, à la fin du vers, au lieu de, *Raymond*, lisez : *Raynouard.*

Page 74, ligne 4, forêt, *compl. déterm.*, ajoutez : *du sujet logique.*

Page 76, ligne 28, *at. simple et incomplexe*, supprimez : *et incomplexe.*

Page 77, ligne 6, existant, *att. simple et incomplexe*, supprimez : *et incomplexe.*

Ligne 16, au lieu de (ceux-là), lisez : ce (ceux-là).

Page 78, lignes 11, 14 et 44, *att. simple et complexe; att. simple et incomplexe; sujet simple et incomplexe*, supprimez les mots : *et complexe, et incomplexe.*

Page 79, ligne 10, au lieu de, parag. 38, lisez : parag. 82.

Page 80, ligne 11, au lieu de, vous n'avez [rien] que [laquelle chose], lisez : [lequel rien, laquelle chose]; dernière ligne, au lieu de parag. 83, lisez : parag. 82.

Page, 81, lignes 13, 20 et 23, *sujet simple et incomplexe*, supprimez : *et incomplexe.*

Page 82, lignes 2 et 24, au lieu de, principales coordonnées, lisez : principales juxta-posées; et 23, au lieu de, vous ne devez pas être fier avec personne, lisez : vous ne devez être fier avec, etc.

Ligne 2 de la note 2, au lieu de, mais il est inutile de, etc., lisez : mais on peut se dispenser de, etc.

Page 83, ligne 26, au lieu de, est tant (seulement), lisez : est tant (tellement, de telle sorte).

Page 86, ligne 2 de la note, au lieu de, *adieu à mes porcelaines*, lisez : *adieu mes porcelaines.*

AVERTISSEMENT.

La nécessité des exercices d'Analyse logique comme base des bonnes études grammaticales et comme préparation à l'étude de la Syntaxe, est aujourd'hui reconnue de tous. Après avoir fait connaître à l'Élève la nature, l'espèce de chacun des mots dont se compose le discours, et les différentes formes qu'ils affectent, il est essentiel de lui apprendre quel est le rôle que ces mots y remplissent. C'est là l'objet de l'Analyse logique. C'est elle qui décompose la phrase en ses divers éléments, qui indique les rapports qu'ont entre eux non-seulement les membres de phrase, mais encore chacun des mots dont est formée la Proposition, et qui initie l'enfant petit à petit et sans efforts à la connaissance des lois et du mécanisme du langage.

D'où vient que cette étude si importante, si féconde pour le développement de l'intelligence et du jugement, a été si longtemps négligée ou dédaignée par les Maîtres, et qu'elle est encore aujourd'hui, en quelque sorte, un objet d'effroi pour les Élèves? C'est, avons-nous dit ailleurs (1), « qu'on » a fait de l'Analyse logique un épouvantail par les compli- » cations dont on l'a hérissée. On a distingué entre les pro- » positions soit principales, soit complétives ou secondaires, » une multitude d'espèces que l'on a désignées par des » noms arbitraires, vagues, peu significatifs. On a fait de » même pour les compléments. Il y en a eu d'une infinité » de sortes; chaque grammairien leur a donné à sa guise » des noms différents; on a fini par ne plus s'entendre au » milieu de la diversité des systèmes et de la variété des » dénominations. » Quel moyen, en effet, de se reconnaître

_____

(1) Grammaire latine, livre du Maître, page 209.

au milieu de cette foule de propositions, *directes, inverses, pleines, elliptiques, explétives, implicites*, etc., etc. ? L'Élève ne doit-il pas nécessairement s'égarer à la suite de son Maître dans les inextricables détours de ce labyrinthe?

L'inconvénient que nous signalons ici a été encore plus sensible quand on a voulu soumettre aux lois rigoureuses de l'Analyse logique des *interjections,* des *exclamations* et même certains *gallicismes* qui ne se prêtent point à ce procédé de décomposition. On a créé une phrase à la place d'un mot qui n'est que l'expression d'un vif sentiment de l'âme et non d'un jugement de l'esprit ; on a torturé la langue pour remplacer les locutions rebelles à l'Analyse par d'autres qui, en conservant à peu près le même sens, s'y prêtent plus facilement, et la confusion a été à son comble.

Pour nous, persuadé que toutes ces subtilités ne servent qu'à fausser l'esprit, et que ce qu'il y a de vraiment important dans l'Analyse logique, c'est l'indication des parties essentielles de la Proposition et de leurs compléments, puis les rapports qui unissent les propositions entre elles, nous nous sommes efforcé de ramener cette étude à une méthode simple et facile, de la réduire à un petit nombre de notions claires et précises. Nous n'avons fait que suivre en cela la marche tracée par Condillac *dans son Traité de l'art d'écrire*, et par M. Burnouf dans son excellent chapitre de l'Analyse logique.

Nous avons divisé les Propositions en deux espèces, les propositions *principales* et les propositions *complétives* ou *secondaires.*

Les propositions principales sont *coordonnées* ou *juxtaposées ;* les propositions complétives sont *subordonnées* ou *incidentes.*

Il est peut-être nécessaire d'expliquer ici pourquoi nous

n'avons pas admis la division des propositions principales en principales *absolues* et en principales *relatives*, qui fait en quelque sorte la base d'une théorie qui a été longtemps en faveur. — Cette division nous a toujours paru fausse. En effet, si la phrase ne renferme qu'une seule proposition, quelle nécessité de dire qu'elle est absolue? Ne suffit-il pas de l'appeler tout simplement principale? Et si elle renferme deux ou plusieurs propositions principales, la première ne peut pas être appelée *absolue*, car elle n'est pas indépendante de toute autre proposition; elle ne forme pas un tout complet, puisqu'elle est accompagnée d'autres propositions qui s'y rattachent ou qui en dépendent. D'ailleurs, de toutes ces principales, pourquoi celle-ci serait-elle plus absolue que celle-là? L'une est-elle plus principale que l'autre?

Nous avons donc rejeté ces dénominations de *principales absolues* et de *principales relatives*, et nous avons dit que quand la phrase renferme deux ou plusieurs propositions principales, ces propositions sont *coordonnées* ou *juxtà-posées*; — *coordonnées* lorsqu'elles sont unies entre elles par certaines conjonctions; — *juxtà-posées* lorsqu'elles sont placées l'une à côté de l'autre sans être liées ensemble, et qu'elles forment chacune séparément un sens complet.

Nous avons aussi distingué avec soin les propositions *incidentes* des propositions *subordonnées* qu'on avait eu tort de confondre ensemble.

En effet, une proposition incidente, dit l'Académie, est une proposition qui est *insérée* dans une autre. Ainsi, dans cette phrase : *Dieu*, qui est juste, *rendra à chacun selon ses œuvres*, les mots *qui est juste* forment une proposition incidente, puisqu'ils sont insérés, qu'ils tombent, pour ainsi dire, dans la proposition principale.

Mais quand je dis : *Je crois que Dieu est juste*, il n'y a

point là d'incidente : la proposition *Dieu est juste* n'est point inséré dans l'autre, elle est sous la dépendance de la principale *Je crois*, et c'est ce que Condillac et M. Burnouf après lui appellent avec autant de justesse que de raison *proposition subordonnée*.

Quant aux compléments, outre *les compléments directs, indirects* et *circonstanciels*, nous avons encore distingué *les compléments déterminatifs* et *explicatifs* du sujet, et *les compléments déterminatifs* de l'attribut. Toutes les espèces de compléments, qu'on a multipliées, comme celles des propositions, sans règle ni mesure, rentrent dans cette classification que nous avons simplifiée autant qu'il est possible de le faire.

C'est là en résumé toute notre théorie de l'Analyse logique. Cette étude est-elle au-dessus de la portée de l'intelligence même d'un enfant? Nous ne le pensons pas. « Pour » s'en convaincre, dit Dumarsais, qu'on lui fasse quelque » proposition particulière qui soit à sa portée, afin qu'il » puisse connaître qu'une proposition n'est autre chose » qu'un assemblage de mots qui forment un sens, qui ex- » priment ce qu'on a dans l'esprit, qui font connaître ce » qu'on pense, ce qu'on juge; que juger, c'est penser qu'une » chose est de telle ou telle manière ; rendez-lui tout cela » sensible par des exemples, et vous verrez qu'il vous » comprendra sans peine, si vous voulez vous faire com- » prendre. »

Nous avons accompagné la théorie d'exercices gradués avec soin, et proportionnés à l'âge et à l'intelligence des enfants auxquels ils s'adressent. Un modèle d'analyse annexé à chaque catégorie d'exercices servira de guide pour les autres exercices de la même espèce. Nous espérons avoir facilité par cette méthode la tâche du Maître et le travail de l'Élève.

LEÇONS GRADUÉES

ET

EXERCICES D'ANALYSE LOGIQUE.

1ʳᵉ LEÇON.

DE LA PROPOSITION ET DE SES DIFFÉRENTES PARTIES.

1. — La *proposition* est l'expression d'un jugement.

Juger, c'est affirmer la manière d'être, c'est-à-dire la qualité, l'état ou l'action d'une ou de plusieurs personnes, d'une ou de plusieurs choses.

Dieu est grand, j'affirme que la manière d'être ou la qualité *grand* est celle de Dieu ; c'est là un jugement, qui, dès que je l'exprime, prend le nom de *proposition.*

Le soleil nous éclaire est aussi une proposition, car j'affirme que le soleil fait l'action de nous éclairer.

2. — Dans toute proposition, il y a trois parties essentielles, le *sujet*, le *verbe* et l'*attribut*.

3. — Le *sujet* est le mot qui désigne la personne ou la chose, les personnes ou les choses dont on affirme la manière d'être. *Dieu* est le sujet de la proposition *Dieu est grand ; le soleil* est le sujet de la proposition *le soleil nous éclaire.*

4. Remarques. I. Le sujet est exprimé par un nom, comme dans les propositions précédentes ; ou par un pronom, exemple : Je *suis blessé ;* ou par un infinitif, Souffler *n'est pas jouer (Acad.).*

II. Le sujet est quelquefois sous-entendu ; exemple : *Travaillez ,* c'est-à-dire, Vous, *travaillez* (soyez travaillant). On dit alors qu'il y a *ellipse* du sujet.

III. Les noms ou les pronoms employés dans la phrase pour appeler ou interpeller une personne ou une chose personnifiée, par exemple, Charles, *viens ici ;* Toi, *reste à ta place,* ne sont point sujets d'une proposition. Dans l'analyse on désigne ces mots comme étant au *vocatif,* ou bien l'on dit qu'ils sont employés par *apostrophe.*

5. — L'*attribut* est la partie de la proposition qui exprime la manière d'être du sujet. Dans les propositions *Dieu est*

grand, le soleil nous éclaire, le mot *grand* est l'attribut du sujet *Dieu,* les mots *nous éclaire,* ou plutôt *nous éclairant,* forment l'attribut du sujet *soleil.*

6. — REMARQUE. L'attribut peut être exprimé par un adjectif, par un participe, par un nom, par un pronom ou par un infinitif. Exemples : *Dieu est* grand. *Je suis* blessé. *Le mensonge est* un vice. *Ce livre est* le vôtre. *Souffler n'est pas* jouer (*Acad.*).

7. — Le *verbe* est le mot de la proposition qui réunit l'attribut au sujet, en affirmant que cet attribut convient au sujet actuellement, dans un temps passé ou dans l'avenir. — Dans la proposition *Dieu* est *grand,* le verbe *est* réunit l'attribut *grand* au sujet *Dieu,* et affirme en outre que la manière d'être *grand* convient à Dieu, actuellement et dans tous les temps.

8. — Nous avons vu dans la grammaire qu'il n'y a réellement qu'un seul verbe, le verbe essentiel *être,* et que tous les autres verbes, tels que *jouer, finir, lire,* sont des verbes attributifs, formés du verbe *être* et d'un attribut : *être jouant, être finissant, être lisant.* En conséquence, il faut, dans l'analyse, décomposer les verbes attributifs; par exemple, la proposition *le soleil nous éclaire* devra s'analyser de la manière suivante :

Le soleil, sujet ;

nous éclaire, c'est-à-dire *est éclairant nous;*

est, verbe ;

éclairant nous, attribut.

8 *bis.* — REMARQUE. Le verbe *être* est quelquefois employé lui-même comme verbe attributif, lorsqu'il signifie *exister.* Ainsi quand on dit : *Dieu est, la lumière fut,* c'est comme s'il y avait *Dieu existe, la lumière exista :* dans ces deux exemples le verbe *être* est attributif. —Quelquefois aussi l'attribut est contenu implicitement dans le verbe. *Mon livre est sur la table,* c'est-à-dire *est* placé *sur la table. Cette maison est à moi,* c'est-à-dire *est* appartenant *à moi.*

9. — REMARQUES. I. Il y a dans une phrase autant de propositions qu'il y a de verbes ayant un sujet, ou ce qui est la même chose, autant de propositions qu'il y a de verbes à un mode personnel, c'est-à-dire à tout autre mode que l'infinitif ou le participe. Ainsi dans cette phrase : *Je suis venu, j'ai vu, j'ai vaincu,* il y a trois propositions ; car les trois verbes *suis venu, ai vu, ai vaincu,* ont chacun un sujet, le pronom *je.*

II. Lorsque la proposition est négative, comme celle-ci : *Vous n'êtes point patient*, la négation tombe réellement sur l'attribut et non sur le verbe. En effet, on peut exprimer la même pensée de cette manière : *Vous êtes impatient*, et l'on a une proposition dont l'attribut *impatient* est évidemment formé de la négation et du premier attribut réunis.

Il suit de là que le verbe affirme toujours, même dans une proposition négative, et qu'en faisant l'analyse, il faut réunir la négation à l'attribut. Ainsi la proposition : *Je ne parle pas*, doit s'analyser de cette manière :

Je, sujet ;

suis, verbe ;

ne parlant pas ou *non parlant,* attribut.

III. Toute interjection est un cri : c'est l'expression d'un vif sentiment de l'âme et non d'un jugement de l'esprit. Une interjection n'est donc pas une proposition. Il en est de même de certains noms employés comme exclamations, tels que *paix ! silence ! peste ! courage ! miséricorde ! ciel ! grand Dieu !* etc. (Voyez Grammaire, 160 et 161). Dans l'analyse on dira donc simplement que ces mots sont des *exclamations,* et l'on désignera par le mot *interjection* les mots *ah ! oh ! hélas !* etc., qui ne sont véritablement que des cris de l'âme.

Exercices sur la 1re leçon.

1er EXERCICE.

1. Dieu est tout-puissant (*Acad.*). — 2. Nous arrivâmes en l'île de Cypre (*Fénelon*). — 3. Haïr est un tourment (*de Ségur*). — 4. Retenons nos plaintes, messieurs (*Fléchier*).— 5. Les hivers y sont tièdes (*Fénelon*). — 6. Vos intérêts sont les nôtres (*Acad.*). — 7. Dire des injures n'est pas répondre. — 8. Les Anglais ont l'esprit public, et nous l'honneur national (*Châteaubriand*). — 9. J'entends Théodecte de l'antichambre ; il grossit sa voix à mesure qu'il approche (*La Bruyère*). — 10. Le lion n'a jamais habité les régions du Nord (*Buffon*). — 11. Mes sujets sont heureux et je le suis (*Montesquieu*). — 12. Promettre et tenir sont deux (*Acad.*).

Modèle d'analyse.

1. Dieu est tout-puissant. — Dieu, *sujet ;* est, *verbe ;* tout-puissant, *attribut.*

2. Nous arrivâmes en l'île de Cypre. — Nous, *sujet ;* arrivâmes *pour* fûmes arrivant : fûmes, *verbe ;* arrivant en l'île de Cypre, *attribut.*

3. Haïr est un tourment. — Haïr, *sujet ;* est, *verbe ;* un tourment, *attribut.*

4. Retenons nos plaintes , messieurs. — Nous, *sujet sous-entendu ;* retenons *pour* soyons retenant : soyons, *verbe :* retenant nos plaintes, *attribut ;* messieurs, *nom employé au vocatif.*

5. Les hivers y sont tièdes. — Les hivers, *sujet ;* sont, *verbe ;* tièdes y (c'est-à-dire *là*), *attribut.*

6. Vos intérêts sont les nôtres. — Vos intérêts, *sujet ;* sont, *verbe ;* les nôtres, *attribut.*

7. Dire des injures n'est pas répondre. — Dire des injures, *sujet ;* est, *verbe ;* ne pas répondre, *attribut.*

8. Les Anglais ont l'esprit public, et nous l'honneur national. — Cette phrase renferme deux propositions. — 1re propos.: les Anglais, *sujet ;* ont (sont ayant), sont, *verbe ;* ayant l'esprit public, *attribut.* — 2e propos. : nous, *sujet ;* avons, *sous-entendu* (sommes ayant), sommes, *verbe ;* ayant l'honneur national, *attribut.*

9. J'entends Théodecte de l'antichambre ; il grossit sa voix à mesure qu'il approche. — Cette phrase renferme trois propositions. — 1re propos. : je, *sujet ;* entends (suis entendant), suis, *verbe ;* entendant Théodecte de l'antichambre, *attribut.* — 2e propos. : il, *sujet ;* grossit (est grossissant), est, *verbe ;* grossissant sa voix à mesure qu'il, etc. *attribut.* — 3e propos. : il, *sujet ;* approche (est approchant), est, *verbe ;* approchant, *attribut.*

10. Le lion n'a jamais habité les régions du nord. — Le lion, *sujet ;* a habité (est ayant habité), est, *verbe ;* n'ayant habité jamais les régions du nord, *attribut.*

11. Mes sujets sont heureux et je le suis. — Cette phrase renferme deux propositions. — 1re propos. : mes sujets, *sujet ;* sont, *verbe :* heureux, *attribut.* — 2e propos. : je, *sujet ;* le (cela, *c'est-à-dire* heureux), *attribut.*

12. Promettre et tenir sont deux. — Promettre et tenir, *sujet ;* sont, *verbe ;* deux (choses), *attribut.*

2e EXERCICE.

1. Dieu seul est grand, mes frères *(Massillon).* — 2. Henri IV fut l'aïeul de Louis XIV *(Le présid. Hénault).* — 3. La prière est la respiration de l'âme *(J. de Maistre).* — 4. Rome est sur le Tibre. — 5. Approche ce fauteuil *(Regnard).* — 6. On me conduisit au temple de la déesse *(Fénelon).* — 7. Être né grand et vivre en chrétien n'ont rien d'incompatible *(Massillon).* — 8. Le jour est le temps de la société et du travail *(Fénelon).* — 9. La bizarrerie ne connaît personne *(id.).* — 10. Son règne était préparé de longue main *(Ch. Didier).* — 11. La jactance est un défaut voisin de la témérité *(La Bruyère).* — 12. La terre d'Europe était à ma gauche *(Châteaubriand).*

3ᵉ EXERCICE.

1. Dieu est la souveraine sagesse (*Acad.*). — 2. Périclès mourut des suites de la peste (*Barthélemy*). — 3. Connaissez donc les hommes, ô mon cher Télémaque (*Fénelon*).—4. Les uns sont effrayés, les autres courent aux armes (*id.*). — 5. Vous n'exposerez pas ce royaume (*Mézerai*). — 6. Jouissez, prince, de cette victoire *(Bossuet)*.—7. Il rit, il crie, il éclate (*La Brugère*). — 8. Les uns avaient la tête arrondie comme un turban; d'autres allongée en pointe de clou (*B. de Saint-Pierre*). — 9. Bien écouter et bien répondre est une des plus grandes perfections que l'on puisse avoir dans la conversation (*La Rochefoucauld*). — 10. Le quadrupède écume et son œil étincelle *(La Fontaine)*.

4ᵉ EXERCICE.

1. Mécénas fut un galant homme (*La Fontaine*). — 2. Retenez bien cela, mon fils (*id.*). — 3. La hauteur des jambes du lion est proportionnée à la longueur de son corps (*Buffon*). — 4. La reconnaissance est la mémoire du cœur (*Massieu*).— 5. La fourmi n'est pas prêteuse (*La Fontaine*). — 6. L'opulence est dans les mœurs et non dans les richesses (*Montesquieu*). — 7. Catherine de Médicis était jalouse de son autorité, et elle le devait être (*Le Père Daniel*).—8. Çà, messieurs les chevaux, payez-moi de ma peine (*La Fontaine*).— 9. Bien dire et bien penser ne sont rien sans bien faire (*La Chaussée*). —10. Paraissez, roi des rois; venez, juge suprême (*J.-B. Rousseau*).

2ᵉ LEÇON.

DES DIFFÉRENTES FORMES DU SUJET ET DE L'ATTRIBUT.

1° Sujet simple, sujet multiple; attribut simple, attribut multiple.

10. — Le sujet est *simple* ou il est *multiple*.

11. — Lorsque dans une proposition il n'y a qu'un seul su-

jet, soit au singulier, soit au pluriel, on dit que ce sujet est *simple*. Exemples : *La terre tourne; la terre*, sujet simple. — *Les Romains conquirent la Gaule; les Romains*, sujet simple. — *L'amour des richesses empêche d'être heureux ; l'amour des richesses*, sujet simple.

12. — Si le sujet est double, triple, etc.; c'est-à-dire, s'il y a plusieurs sujets particuliers pour le même verbe, on dit que ce sujet est *multiple*. Exemples : *Henri et Charles jouent; Henri et Charles*, sujet multiple. — *Les lettres, les sciences et les arts furent cultivés; les lettres, les sciences et les arts*, sujet multiple.

13. — REMARQUE. Dans ce cas la proposition est aussi *multiple*, c'est-à-dire qu'il y a réellement autant de propositions que de sujets particuliers. C'est comme si l'on disait *Henri joue et Charles joue; Les lettres furent cultivées, les sciences furent cultivées, les arts furent cultivés.*

14. — De même, l'attribut est *simple* ou *multiple*.

15. — Si dans une proposition il n'y a qu'un seul attribut, en d'autres termes, si l'on n'exprime qu'une seule manière d'être, on dit que l'attribut est *simple*. Exemples : *Dieu est grand; grand*, attribut simple. — *Les Romains conquirent la Gaule*, c'est-à-dire *furent conquérant la Gaule; conquérant la Gaule*, attribut simple. — *Le mensonge est un vice; un vice*, attribut simple.

16. — L'attribut est *multiple*, lorsqu'il est double, triple, etc.; en d'autres termes, lorsque plusieurs manières d'être sont exprimées. Exemples : *Dieu est juste et bon; juste et bon*, attribut multiple. — *Henri IV assiégea Paris et nourrit les Parisiens en proie à la famine ; assiégeant et nourrissant*, etc., attribut multiple. — *La religion est le guide et le soutien de l'homme; le guide et le soutien de l'homme*, attribut multiple.

17. — Lorsque l'attribut est multiple, la proposition l'est aussi : *Dieu est juste et bon;* c'est comme si l'on disait : *Dieu est juste, Dieu est bon.*

2° Sujet complexe, sujet incomplexe; attribut complexe, attribut incomplexe.

18. — Le sujet est *complexe* lorsqu'il renferme un ou plusieurs compléments, c'est-à-dire un ou plusieurs mots qui se rattachent au mot principal et qui en complètent le sens. Exemples :

Mon *livre est égaré.* Le sujet est *mon livre* ; *livre,* mot principal du sujet, a pour complément l'adjectif possessif *mon,* qui fait connaître de quel livre je parle : le sujet *mon livre* est donc complexe.

L'œuvre **de la création** *est magnifique.* La signification du mot principal *l'œuvre* est complétée par les mots *de la création :* le sujet *l'œuvre de la création* est complexe.

Le péché, **détesté de Dieu,** *souille l'âme.* Les mots *détesté de Dieu* se rapportent au mot principal *le péché,* dont ils complètent le sens en présentant le péché comme une chose que Dieu a en horreur : le sujet est donc complexe.

19. — Si le sujet n'a pas de complément, on dit qu'il est *incomplexe.* Exemple : **Henri** *est paresseux.*

20. — De même l'attribut est *complexe,* lorsqu'il renferme des mots qui complètent la signification du mot principal. Exemples :

Charles est arrivé **hier soir.** L'attribut est *arrivé hier soir* ; les mots *hier soir* complètent le sens du mot *arrivé,* mot principal de l'attribut, en faisant connaître l'époque où Charles est arrivé : cet attribut est complexe, et les mots *hier soir* sont un complément de l'attribut.

Henri écrit **à son père.** Les mots *à son père* complètent le sens d'*écrivant,* mot principal de l'attribut : l'attribut est donc complexe.

Les Romains conquirent **la Gaule.** *La Gaule,* complément de *conquérant :* l'attribut *conquérant la Gaule* est donc complexe.

21. — Si l'attribut n'a pas de complément, on dit qu'il est *incomplexe* ; exemple : *La terre est ronde.*

22 .— Remarques. I. Le mot qui est sujet et les compléments qui s'y rattachent forment le *sujet logique* de la proposition ; de même le mot qui est attribut et ses compléments forment l'*attribut logique*. Ainsi dans la proposition : *L'amour des richesses empêche d'être heureux*, le sujet logique est *l'amour des richesses*, et l'attribut logique est *empêchant d'être heureux*.

II. Lorsque le sujet ou l'attribut sont complexes, il est nécessaire de le dire, en faisant l'analyse, puisque l'on doit ensuite désigner leurs compléments ; mais s'ils n'ont pas de compléments, il est parfaitement inutile de faire remarquer qu'ils sont incomplexes (1).

Exercices sur la 2ᵉ leçon.

5ᵉ EXERCICE.

1. Coriolan est condamné (*Vertot*). — 2. L'émeraude, le rubis, la topaze, brillent sur ses habits (*Buffon*). — 3. Phédon est complaisant, flatteur, empressé (*La Bruyère*). — 4. Les rires de Xerxès redoublèrent à ces mots (*Barthélemy*). — 5. Les îles voisines fournirent plus de cent vingt galères (*id.*). — 6. Le sénat s'assemble (*Vertot*).—7. Le Seigneur est vraiment ressuscité (*Bourdaloue*). — 8. Les feux du soleil ne sont plus obscurcis par des vapeurs grossières (*Barthélemy*). — 9. L'accusateur public était écouté (*Bossuet*). — 10. Il s'arrache les cheveux, se roule sur le sable, reproche aux dieux leur rigueur, appelle en vain à son secours la cruelle mort (*Fénelon*).

Modèle d'analyse.

1. Coriolan est condamné. — Coriolan, *sujet simple ;* est, *verbe ;* condamné, *attribut simple.*

2. L'émeraude, le rubis, la topaze, brillent sur ses habits. — L'émeraude, le rubis, la topaze, *suj. multiple ;* sont, *verbe ;* brillant sur ses habits, *at. simple et complexe ;* brillant, *mot principal de l'at. ;* sur ses habits, *complém. du mot principal de l'attribut.*

3. Phédon est complaisant, flatteur, empressé. — Phédon, *suj. simple ;* est, *verbe ;* complaisant, flatteur, empressé, *at. multiple.*

4. Les rires de Xerxès redoublèrent à ces mots. — Les rires de Xerxès, *suj. simple et complexe ;* les rires, *mot principal du suj. ;*

---

(1) Nous cherchons autant qu'il est possible à simplifier l'analyse logique ; on l'a beaucoup trop surchargée de détails oiseux, qui fatiguent l'attention de l'élève et la détournent de ce qui est réellement important.

de Xerxès, *complém. du mot principal du suj.*; furent, *verbe*; redoublant, *at. simple et complexe*; redoublant, *mot principal de l'at.*; à ces mots, *complém. du mot principal de l'attribut.*

5. Les îles voisines fournirent plus de cent vingt galères. — Les îles voisines, *sujet simple et complexe*; les îles, *mot principal du suj.*; voisines, *complém. du mot principal du suj.*; furent, *verbe*; fournissant, *at. simple et complexe*; plus de cent vingt galères, *complém. du mot principal de l'attribut* (1).

6. Le sénat s'assembla. — Le sénat, *suj. simple*; fut, *verbe*; assemblant, *at. simple et complexe*; se, *complém. du mot principal de l'attribut.*

7. Le Seigneur est vraiment ressuscité. — Le Seigneur, *suj. simple*; est, *verbe*; ressuscité, *at. simple et complexe*; vraiment, *complém. du mot principal de l'attribut.*

8. Les feux du soleil ne sont plus obscurcis par des vapeurs grossières. — Les feux, *suj. simple et complexe*; du soleil, *complém. du mot principal du suj.*; sont, *verbe*; ne plus obscurcis, *at. simple et complexe*; par des vapeurs grossières, *complém. du mot principal de l'attribut.*

9. L'accusateur public était écouté. — L'accusateur, *suj. simple et complexe*; public, *complém. du mot principal du suj.*; était, *verbe*; écouté, *at. simple.*

10. Il s'arrache les cheveux, se roule sur le sable, reproche aux dieux leur rigueur, appelle en vain à son secours la cruelle mort. — Il, *suj. simple*; est, *verbe*; arrachant, roulant, reprochant, appelant, *at. multiple et complexe*; se et les cheveux, *compléments* d'arrachant, *mot principal du* 1er *attrib. particulier*; se et sur le sable, *complém.* de roulant, *mot principal du* 2e *attrib. particulier*; aux dieux et leur rigueur, *complém.* de reprochant, *mot principal du* 3e *attrib. particulier*; en vain, à son secours et la cruelle mort, *complém.* d'appelant, *mot principal du* 4e *attrib. particulier.*

6e EXERCICE.

1. Le royaume était héréditaire (*Bossuet*). — 2. Les grâces et la persuasion semblaient couler de ses lèvres (*Barthélemy*). — 3. La démarche ordinaire du lion est fière, grave et lente (*Buffon*). — 4. Cette découverte est mienne (*Acad.*). — 5. Octave gagna les soldats de Lépidus (*Montesquieu*). — 6. Une main invisible m'entraînait dans ce fatal séjour (*id.*). — 7. Le papillon est plus beau et mieux organisé que la rose (*B. de Saint-Pierre*). — 8. Mes intérêts et les siens sont les mêmes (*Acad.*). — 9. Constantin, fils de l'empereur Constantius Chlo-

(1) Dorénavant nous indiquerons le sujet complexe et l'attribut complexe par le mot principal seulement; mais il sera bien entendu que le sujet ou l'attribut tout entier se compose du mot principal et de tous les compléments qui s'y rattachent.

rus, partage l'empire comme un héritage entre ses enfants
(*Bossuet*). — 10. Ses troupes employèrent sept jours et sept
nuits à passer le détroit (*Barthélemy*).

7° EXERCICE.

1. Ce vieillard admirait les bords de la mer (*Fénelon*). — 2.
L'or, la saphir, le rubis, ont été prodigués à des insectes invi-
sibles (*Aimé Martin*). — 3. Cependant le jour vint (*Saint-
Réal*). — 4. Le bruit de la conjuration se répandit alors par la
ville (*id.*). — 5. La révolte de Galba fut un coup de foudre
pour Néron (*Crévier*). — 6. Rome est sauvée, mais votre fils
est perdu (*Vertot*). — 7. Quelques-uns des plus considérables
citoyens ne s'étaient déclarés pour aucun parti (*Rulhière*). —
8. Son visage odieux m'afflige et me poursuit (*Racine*). — 9.
Marc-Aurèle associe son frère à l'empire (*Bossuet*). — 10. La
peinture, la musique, les différents exercices du gymnase remplissent tous ses moments (*Barthélemy*).

8° EXERCICE.

1. Auguste connaissait mieux que personne les vices de Ti-
bère (*Saint-Evremond*). — 2. — Notre Dieu est un, infini,
parfait, seul digne de venger les crimes et de couronner la
vertu (*Bossuet*). — 3. Léonidas pressait sa marche (*Barthélemy*). — 4. L'éléphant, le rhinocéros, le tigre, l'hippopotame,
sont les seuls animaux qui puissent résister au lion (*Buffon*).
— 5. Deux renards entrèrent la nuit par surprise dans un co-
lombier (*Fénelon*). — 6. Les montagnes sont couvertes de peupliers (*Barthélemy*). — 7. La fortune ne pouvait rien sur elle
(*Bossuet*). — 8. Ceux-ci campèrent à peu de distance de Var-
sovie (*Rulhière*). — 9. Les Iduméens vinrent en diligence au
nombre de vingt mille (*Fleury*). — 10. Les soldats romains
n'avaient point proprement d'esprit de parti (*Montesquieu*).

3ᵉ LEÇON.

DES COMPLÉMENTS DU SUJET.

23. Les compléments du sujet modifient le sens du mot principal du sujet, c'est-à-dire qu'ils en marquent la qualité, ou qu'ils en déterminent, en restreignent, en généralisent le sens.

On pourra dans l'analyse indiquer simplement les mots qui sont compléments ou modificatifs du sujet, ou bien ajouter à cette indication la fonction du modificatif.

24. — Ainsi l'on pourra dire que le complément est *déterminatif* ou que le modificatif détermine le sens du sujet, si ce complément précise bien la signification du mot principal du sujet, en faisant connaître de qui ou de quoi l'on parle. Par exemple, dans cette phrase : **Mon** *livre est égaré ;* l'adjectif possessif *mon* fixe le sens du mot *livre,* en faisant connaître que je parle d'un livre qui m'appartient ; je dirai donc que *mon* est un complément déterminatif du mot *livre,* mot principal du sujet, ou que c'est un modificatif qui détermine le sens du sujet.

L'œuvre de la **création** *est magnifique.* Le complément *de la création* fait connaître de quelle œuvre on parle ; c'est un complément déterminatif.

25. — REMARQUE. Le complément déterminatif ne peut être retranché de la proposition. Si on le retranchait, le sens ne serait plus clair ou il serait absurde ; si je disais : *Livre est égaré, l'œuvre est magnifique,* on ne saurait ni de quel livre, ni de quelle œuvre je parle.

26. Le complément du sujet sera *explicatif* ou *qualificatif,* lorsqu'il exprimera simplement une qualification du mot principal du sujet, sans en déterminer ni en restreindre la signification. Exemples : *Le péché,* **détesté de Dieu,** *souille l'âme.* Le complément *détesté de Dieu* ne détermine point le sens du mot *péché,* puisque l'on parle de tout péché en général ; il exprime simplement une qualification de ce mot, c'est un complément qualificatif ou explicatif du sujet.

Le **jeune** *vainqueur s'efforça de rompre ces intrépides combattants* (Bossuet). L'adjectif *jeune* est un complément qualificatif ou explicatif.

27. — REMARQUE. Le complément explicatif ou qualificatif peut se retrancher sans que la proposition cesse d'être claire ou devienne absurde ; on peut très-bien dire *Le péché souille l'âme ; Le vainqueur s'efforça de rompre ces intrépides combattants.* C'est pour marquer qu'il n'est pas indispensable, que le complément est ordinairement placé entre deux virgules (1).

28. Les compléments du sujet sont le plus souvent déterminatifs ou bien explicatifs ; mais quelquefois aussi certains compléments, indispensables comme le sont les compléments déterminatifs, donnent au sujet une signification particulière, sans pour cela déterminer cette signification. Par exemple, lorsque je dis : **Chaque** *élève récitera sa leçon,* je ne désigne pas spécialement tel ou tel élève, Charles pas plus que Paul. Le sujet *élève* a un sens général, indéfini, que lui donne l'adjectif *chaque.* Cet adjectif n'est donc pas un complément déterminatif ; ce n'est pas non plus un complément explicatif, et il ne saurait être retranché de la phrase : on pourrait donc l'appeler complément *général* ou *indéfini.*

De même dans cette proposition : *Vous* **seul** *avez pu le faire* (Acad.), l'adjectif *seul* donne au sujet *vous* un sens particulier, parce qu'il restreint la possibilité de l'action uniquement à la personne désignée par le pronom *vous ;* il exclut toute autre personne : c'est un complément *restrictif,* un modificatif exprimant une idée de restriction.

Le **même** *traitement fut assuré au duc d'Enghien* (Bossuet) ; c'est-à-dire, un traitement *semblable.* Le modificatif *même* exprime une idée de similitude et il est indispensable à l'expression de l'idée du sujet.

Les rochers **mêmes** *sont sensibles à de touchants accords* (Gresset) ; c'est-à-dire, les rochers *eux-mêmes.* Le modificatif *mêmes* exprime ici une idée d'identité.

29. — Ces exemples suffisent pour faire voir qu'il y a bien

(1) Il n'est point placé entre deux virgules, lorsqu'il ne consiste qu'en un seul mot. Les exemples que nous donnons rentrent dans l'un et l'autre cas.

.des sortes de compléments du sujet, et que la nature de ces compléments dépend de l'idée qu'ils expriment et qu'ils ajoutent à l'idée du sujet. Mais ce sont là des distinctions embarrassantes et qui n'offrent aucun avantage réel dans les études grammaticales. C'est pourquoi, sauf pour les compléments déterminatifs et les compléments explicatifs, dont la connaissance est utile pour l'application des règles de la ponctuation et pour la distinction des propositions incidentes, nous conseillons aux élèves de ne point entrer dans tous ces détails, et de dire simplement que les mots tels que *chaque, seul, même, tout, plusieurs*, etc., sont des compléments du sujet, sans en désigner *l'espèce*.

Exercices sur la 3e leçon.

9e EXERCICE.

1. Les cloches du hameau se font entendre (*Château-briand*). — 2. Jean Bart et Duquesne, tous deux nés dans l'obscurité, ont fondé leur gloire sur leurs exploits *(Thomas)*. — 3. Dieu seul sait tout réduire à sa volonté (*Bossuet*). — 4. Toute l'Égypte était noble (*id.*). — 5. Minucius, premier consul, se présenta (*Vertot*). —6. Les plaies du corps ne sont rien en comparaison de celles de l'âme (*Fénelon*). — 7. Ce discours fit impression sur la multitude (*Vertot*). — 8. Des torrents écumeux se précipitaient le long des flancs de cette montagne (*B. de Saint-Pierre*). — 9. Chaque passion parle un différent langage (*Boileau*). — 10. Les mêmes causes produiront dans tous les temps les mêmes effets (*de Ségur*).

Modèle d'analyse.

1. Les cloches du hameau se font entendre. — Les cloches, *suj. simple et complexe;* du hameau, *complém. déterminatif du suj.;* sont, *verbe;* faisant entendre, *at. simple et complexe;* se, *complém. de l'attribut.*

2. Jean Bart et Duquesne, tous deux nés dans l'obscurité, ont fondé leur gloire sur leurs exploits. — Jean Bart et Duquesne, *suj. multiple et complexe;* tous deux nés dans l'obscurité, *complém. ex-*

plicatif du suj. ; sont, *verbe;* ayant fondé, *at. simple et complexe ;* leur gloire *et* sur leurs exploits, *complém. de l'attribut.*

3. Dieu seul sait tout réduire à sa volonté. — Dieu, *suj. simple et complexe;* seul, *complém. du suj.* ; est, *verbe;* sachant réduire, *at. simple et complexe;* tout *et* à sa volonté, *complém. de l'attribut.*

4. Toute l'Egypte était noble. — L'Egypte, *suj. simple et complexe;* toute, *complém. du suj.;* était *verbe;* noble, *at. simple.*

5. Minucius, premier consul, se présenta. — Minucius, *suj. simple et complexe;* premier consul, *complém. explicatif du suj.* ; fut, *verbe* ; présentant, *at. simple et complexe;* se, *complém. de l'attribut.*

6. Les plaies du corps ne sont rien en comparaison de celles de l'âme. — Les plaies, *suj. simple et complexe;* du corps, *complém. déterminatif du suj.* ; sont, *verbe;* ne rien (nulle chose), *at. simple et complexe;* en comparaison de celles de l'âme, *complém. de l'attribut.*

7. Ce discours fit impression sur la multitude. — Discours, *suj. simple et complexe;* ce, *complém. déterminatif du suj.;* fut, *verbe;* faisant, *at. simple complexe;* impression *et* sur la multitude, *complém. de l'attribut.*

8. Des torrents écumeux se précipitaient le long des flancs de cette montagne. — Des torrents, *suj. simple et complexe;* écumeux, *complém. du suj.* ; étaient, *verbe;* précipitant, *at. simple et complexe;* se *et* le long des flancs de cette montagne, *complém. de l'attribut.*

9. Chaque passion parle un différent langage. — Passion, *suj. simple et complexe;* chaque, *complém. du suj.* ; est, *verbe* ; parlant, *at. simple et complexe;* un différent langage, *complém. de l'attribut.*

10. Les mêmes causes produiront dans tous les temps les mêmes effets.— Les causes, *suj. simple et complexe;* mêmes, *complém. du suj.* ; seront, *verbe;* produisant, *at. simple et complexe;* dans tous les temps *et* les mêmes effets, *complém. de l'attribut.*

10ᵉ EXERCICE.

1. Coriolan, transporté et comme hors de lui de voir Véturie à ses pieds, s'écrie (*Vertot*). — 2. Quelques crimes toujours précèdent les grands crimes (*Racine*). — 3. La religion seule révèle à l'homme sa propre nature et sa vraie destinée (*de Gérando*). — 4. Ces étrangers vous reconnaîtront pour frères (*Châteaubriand*). — 5. Le torrent des siècles et des âges coule devant ses yeux (*Massillon*). — 6. Les animaux épouvantés s'élançaient des bois dans la plaine (*Marmontel*). — 7. Plusieurs marins ont observé des parallélogrammes incandescents (*B. de Saint-Pierre*). — 8. Leurs cantiques re-

tentissent nuit et jour autour du saint sépulcre (*Châteaubriand*). — 9. Certaines gens ont une grossièreté qui leur tient lieu de philosophie (*Boiste*). —10. Mes pieds ne me font point d'honneur (*La Fontaine*).

11ᵉ EXERCICE.

1. Les générations des hommes s'écoulent comme un fleuve rapide (*Fénelon*). — 2. L'Égypte, autrefois si sage, marche enivrée, étourdie et chancelante (*Bossuet*). — 3. Chaque climat a ses oiseaux bienfaiteurs (*Aimé Martin*). — 4. L'art d'Euclide est le fondement des connaissances d'un homme de mer (*Thomas*).—5. Les oiseaux effrayés se pressent en fuyant (*Florian*). — 6. Aucun chemin de fleurs ne conduit à la gloire (*La Fontaine*). — 7. Tous les grands hommes ont eu leur faible (*Marmontel*). — 8. Tyrtée, berger d'Arcadie, faisait paître son troupeau sur une croupe du mont Lycée (*B. de Saint-Pierre*). — 9. Nos ancêtres nous en ont frayé le chemin (*Massillon*). — 10. Plusieurs habitants ont fait à l'Ile de France des essais inutiles pour y faire croître la lavande (*B. de Saint-Pierre*).

12ᵉ EXERCICE.

1. Le flambeau de la religion répand une vive et bienfaisante lumière sur les trois mystères de la naissance, de la vie et de la mort (*de Gérando*). — 2. Tous les autres êtres, contents de leur destinée, paraissent heureux à leur manière (*Massillon*). — 3. Quel capitaine commandait ce jour-là? (*Acad.*). — 4. Les Anglais, recevant ce défi avec une longue risée, se moquèrent de Charles et de son conseil (*Mézerai*). — 5. Votre facilité a fait naître de nouvelles prétentions (*Vertot*).—6. Quelque personne indiscrète aura causé cette brouillerie (*Laveaux*). — 7. Décius, un des tribuns, portait la parole (*Vertot*). — 8. Les mêmes personnes sont venues vous demander. — 9. Les deux rives du Meschacebé présentent le tableau le plus extraordinaire. — 10. Le maréchal, outré de dépit, donna aux deux autres divisions le signal de l'attaque (*Garnier*).

. 4ᵉ LEÇON.

DES COMPLÉMENTS DE L'ATTRIBUT.

30. — Nous distinguerons trois sortes de compléments de l'attribut : le complément *direct*, le complément *indirect,* et le complément *circonstanciel.*

31. — Le complément *direct* de l'attribut est la même chose que le complément direct du verbe attributif ; c'est la personne ou la chose qui souffre, qui supporte l'action faite par le sujet, qui est l'objet de cette action. Exemples :

Charles pousse **son frère,** c'est-à-dire *Charles est poussant* **son frère.** — Qui est poussé par Charles? Réponse : *son frère :* voilà le complément direct de l'attribut *poussant* ou du verbe transitif *pousse.*

J'aime **Dieu,** pour *je suis aimant* **Dieu.** — Qui est aimé de moi? Réponse : *Dieu,* complément direct de l'attribut *aimant* ou du verbe *j'aime.*

Les Romains conquirent **la Gaule.** — Qui fut conquis par les Romains? *La Gaule,* complément direct du verbe *conquirent* ou de l'attribut *conquérant.*

32. — REMARQUE. On trouve le complément direct de l'attribut en faisant la question *qui est? qui fut? qui a été?* etc. devant le participe passé du verbe attributif.

33. — Le complément *indirect* est le mot qui, à l'aide d'une préposition exprimée ou sous-entendue, telle que *à, de, par, pour,* etc., indique la personne ou la chose à laquelle tend, aboutit, se termine l'action marquée par le verbe, ou de laquelle part, provient, dérive cette action ou l'état exprimé par l'attribut.

Il a donné des vêtements **aux pauvres.** L'action de donner aboutit aux pauvres : il a donné *à qui? aux pauvres* (**à les pauvres**), complément indirect.

Donnez-moi du papier. L'action de *donner* aboutit *à moi : moi* (sous-entendu *à*) est un complément indirect.

Je reviens **de Rome** *et je vais* **à Paris.** L'action de revenir part de Rome, et l'action d'aller aboutit à Paris : *de Rome* et *à Paris* sont des compléments indirects.

J'ai appris cette nouvelle **d'un homme bien informé**. La nouvelle que j'ai apprise m'est venue de cet homme (est partie) : *d'un homme*, etc., est donc un complément indirect.

J'ai été averti **par un homme bien informé**. L'état *d'être averti*, où je me trouve, provient de cet homme qui m'a averti.

Il est beau de mourir **pour son pays**. Le fait de mourir a pour but le pays, aboutit à l'intérêt du pays : *pour son pays* est donc un complément indirect.

L'Énéide a été composée **par Virgile**. Le poëme de l'Énéide a été enfanté par le génie de Virgile ; le génie de Virgile est en quelque sorte le point de départ de ce poëme : *par Virgile* est aussi un complément indirect.

34. — Les compléments *circonstanciels* sont ceux qui expriment une circonstance de temps, de manière, de motif, de moyen, etc. Exemples :

Remettons cette affaire **à demain**. *A demain*, complément circonstanciel de temps.

Il agit **avec prudence** ou **prudemment**. *Avec prudence* ou *prudemment*, complément circonstanciel de manière.

Je viendrai **de bonne heure**. *De bonne heure*, complément circonstanciel de temps.

Je partirai **par le courrier de ce soir**. *Par le courrier de ce soir*, complément circonstanciel de moyen.

35. — Comme on le voit, les compléments circonstanciels sont ou des adverbes ou des locutions qui commencent par une préposition ; et cette préposition peut être, comme pour les compléments indirects, l'une des prépositions *à, de, par, pour*, etc. Mais si les compléments circonstanciels et les compléments indirects ont quelquefois une ressemblance de forme, il est facile, dans la plupart des cas, de les distinguer par la différence des sens (1) Voyons encore quelques exemples.

_____

(1) Il ne faut pas d'ailleurs attacher une grande importance à cette distinction ; elle n'est pas indispensable pour l'étude de la Grammaire. Mais il n'en

Je sartirai **à dix heures.** *Il naquit* **à Paris.** *Il demeure* **à Lyon.** Dans toutes ces propositions, le complément marqué par la préposition *à* est un complément circonstanciel de temps pour la première, de lieu pour les deux autres. Dans aucune de ces phrases, en effet, le complément n'exprime le terme d'où part ou auquel aboutit l'action marquée par le verbe. Ce n'est pas comme lorsque je dis : *Je vais* **à Paris**; *j'écris* **à mon frère.**

Cette nouvelle a été apportée **par le courrier.** C'est le courrier qui a apporté la nouvelle; cette nouvelle vient de lui : *par le courrier* est un complément indirect, au même titre que dans la phrase : *L'Énéide a été composée* **par Virgile.** — Mais quand je dis : *Je partirai* **par le courrier,** ces mots *par le courrier* forment un complément circonstanciel de moyen et non un complément indirect, car le courrier n'est ni le terme où aboutit l'action de partir, ni le point d'où part cette action.

L'ennemi marchait, s'avançait **vers nos frontières;** *l'ennemi s'approchait* **de nos frontières.** Les compléments *vers nos frontières, de nos frontières,* sont des compléments indirects exprimant le but de l'action que fait l'ennemi, le point où tend cette action. ◆

Le vent vient **du côté de la mer.** Cela ne signifie pas que le vent vient de la mer, que la mer est le point d'où part le vent. Je puis venir, par exemple, du côté de la rivière, sans venir de la rivière : *du côté de la mer, du côté de la rivière,* sont des compléments circonstanciels qui expriment simplement une idée de direction.

Étudier **pour s'instruire.** *Parler* **pour ses amis.** *Pour s'instruire, pour ses amis,* compléments indirects par la

est pas de même pour les pronoms personnels employés comme compléments; il est essentiel pour l'application de certaines règles, de savoir reconnaître si le pronom personnel est complément direct ou complément indirect. Par exemple, on devra écrire, en vertu de la règle des participes : *Elle s'est repentie de cette faute,* et *Elle s'est reproché cette faute,* parce que dans le premier cas le pronom *se* est complément direct et dans le second, complément indirect.

même raison que *pour son pays* dans la phrase : *Il est beau de mourir pour son pays.*

Mettons-nous à **table**; *plaçons-nous* à **table**. À *table,* complément indirect : la table est le terme où aboutit l'action de se mettre, de se placer.

35 *bis.* — Tout effet provient de sa cause : on considérera donc comme complément indirect le mot précédé de la préposition *de,* toutes les fois que ce mot désignera la cause dont le verbe exprime l'effet. Exemples :

La ville est ceinte **de murailles.** — Les murailles ceignent la ville ; l'état de la ville est un effet qui a pour cause les murailles.

Il l'accabla **de coups.** — L'effet d'être accablé a pour cause les coups.

Il était percé **de blessures.** — L'état d'être percé a pour cause les blessures.

Elle étouffe **de rire.** — L'action d'étouffer a pour cause le rire ; c'est le rire qui suspend la respiration, qui étouffe. Il en est de même dans la phrase : *J'étouffe* **de chaleur.**

Il est mort **d'inanition,** *il est mort* **de faim.** — Sa mort a pour cause l'inanition, la faim.

Nous périssons **d'ennui.** — L'ennui est la cause de l'état où nous sommes.

36. — Voici quelques exemples de compléments doubles ou triples :

Il allait **de Paris à Lyon.** L'action d'aller part de Paris et aboutit à Lyon ; il y a là deux compléments indirects.

Il est venu à **Paris pour une affaire importante.** *Pour une affaire importante* est un complément circonstanciel exprimant le motif, la cause du voyage. Il est d'ailleurs évident que l'action de venir aboutit à Paris, qui est dès lors complément indirect.

Il m'a parlé **de vous** *et* **de votre affaire.** *Me* (à moi) complément indirect; *de vous* et *de votre affaire* sont des compléments circonstanciels; la matière, sujet de son discours, c'est

vous et votre affaire ; la proposition *de* signifie ici *touchant,*
concernant.

Remarques. I. L'attribut peut avoir un complément déterminatif,
c'est-à-dire qui détermine le sens de cet attribut ; exemple : *Je suis*
le propriétaire **de cette maison** ; *de cette maison,* complément déterminatif de l'attribut *propriétaire.*

II. La phrase renferme quelquefois des compléments de complément. Par exemple : *J'ai écrit* **à mon ami** *, qui est en ce moment*
à Londres ; le complément indirect *à mon ami* a lui-même pour
complément explicatif *qui est en ce moment à Londres.* Mais il n'est
pas nécessaire d'indiquer, dans l'analyse, un complément de complément ; à moins que ce complément ne forme une proposition,
comme dans l'exemple que nous venons de citer.

Exercices sur la 4ᵉ leçon.

13ᵉ EXERCICE.

1. L'œil du moindre animal surpasse la mécanique de tous
les artisans ensemble (*Fénelon*). — 2. La procession rentre
enfin au hameau ; chacun retourne à son ouvrage (*Château-*
briand). — 3. Antoine fut défait à Modène (*Montesquieu*). —
4. De tels hommes sont les pestes du genre humain (*Fénelon*).
— 5. On lui demanda sa tête, il la présenta au cimeterre (*Chá-*
teaubriand). — 6. Paul descendit alors de l'arbre (*B. de*
Saint-Pierre). — 7. Narbal, frappé d'un coup si terrible déplora en homme de bien le malheur de Pygmalion (*Fénelon*).
— 8. Les chemins y sont bordés de lauriers, de grenadiers, de
jasmins et d'autres arbres toujours verts et toujours fleuris (*id.*).

Modèle d'analyse.

1. L'œil du moindre animal surpasse la mécanique de tous les
artisans ensemble. — L'œil, *suj. simple et complexe ;* du moindre
animal, *complém. déterminatif du suj. :* est, *verbe ;* surpassant, *at.*
simple et complexe ; la mécanique de tous les artisans ensemble,
complém. direct de l'attribut.

2. La procession rentre enfin au hameau ; chacun retourne à son
ouvrage. — Cette phrase renferme deux propositions. — 1ʳᵉ propos.: La procession, *suj. simple ;* est, *verbe ;* rentrant, *at. simple et*
complexe ; enfin, *complém. circonstanciel de l'att. ;* au hameau,
complém. indirect de l'at. — 2ᵉ propos.: Chacun, *suj. simple ;* est,

verbe; retournant, *at. simple et complexe;* à son ouvrage, *complém. indirect de l'attribut.*

3. Antoine fut défait à Modène. — Antoine, *suj. simple;* fut, *verbe;* défait, *at. simple et complexe;* à Modène, *complém. circonst. de l'at.* exprimant le lieu (1).

4. De tels hommes sont les pestes du genre humain. — Des hommes, *suj. simple et complexe;* tels, *complém. du suj.;* sont, *verbe;* les pestes, *at. simple et complexe;* du genre humain, *complém. déterminatif de l'attribut.*

5. On lui demanda sa tête, il la présenta au cimeterre. — Cette phrase renferme deux propos. 1ʳᵉ propos.: On, *suj. simple;* fut, *verbe;* demandant, *at. simple et complexe:* sa tête, *complem. direct de l'attribut;* lui (à lui), *complém. indirect.* — 2ᵉ propos.: Il, *suj. simple;* fut, *verbe;* présentant, *at. simple et complexe;* la (elle), *complém direct de l'attribut;* au cimeterre, *complém. indirect.*

6. Paul descendit de l'arbre. — Paul, *suj. simple;* fut, *verbe;* descendant, *at. simple et complexe;* de l'arbre, *complém. indirect de l'attribut.*

7. Narbal, frappé d'un coup si terrible, déplora en homme de bien le malheur de Pygmalion. — Narbal, *suj. simple et complexe;* frappé d'un coup si terrible, *complém. explicatif du suj.;* fut, *verbe;* déplorant, *at. simple et complexe;* en homme de bien, *complém. circonst. de manière;* le malheur de Pygmalion, *complém. direct.*

8. Les chemins y sont bordés de lauriers, de grenadiers, de jasmins et d'autres arbres toujours verts et toujours fleuris. — Les chemins, *suj. simple;* sont, *verbe;* bordés, *at. simple et complexe;* y (là), *complém. circonst. de lieu;* de lauriers, de grenadiers, de jasmins et d'autres arbres, etc., *compléments indirects.*

14ᵉ EXERCICE.

1. L'homme courageux attend le péril avec calme (*La Bruyère*). — 2. Mon fils, votre récit nous a beaucoup touchés (*B. de Saint-Pierre*). — 3. A la fin d'avril 1755, j'allais au Piémont par la route du grand Saint-Bernard (*Mallet du Pan*). — 4. Le fleuve Bétis coule dans un pays fertile (*Fénelon*). — 5. Platon avait reçu de la nature un corps robuste (*Barthélemy*). — 6. Nous venons de la Rivière-Noire (*B. de Saint-Pierre*). — 7. Le sénat s'opposait toujours constamment à ces lois ruineuses à l'État (*Bossuet*). — 8. Un puits, des peupliers, une vigne autour de sa fenêtre, quelques colombes, composent l'héritage de ce roi des sacrifices (*Châteaubriand*).

---

(1) L'élève écrira simplement *complément circonstanciel :* dans certains cas on pourra, à la correction du devoir, lui demander quelle circonstance exprime tel ou tel complément.

15ᵉ EXERCICE.

1. Quinze vaisseaux ennemis déploient le pavillon d'Angleterre et présentent leur front redoutable (*Thomas*). — 2. Sophocle reprochait trois défauts à Eschyle (*Barthélemy*). — 3. Les brigues et la corruption peuvent tout dans Rome (*Bossuet*). — 4. Le lion prend l'eau en lapant comme un chien (*Buffon*). — 5. Ils arrivèrent vers le milieu de la nuit au pied de leur montagne (*B. de Saint-Pierre*). — 6. Virginie aperçut, parmi les arbres de la forêt, un jeune palmiste (*id.*). — 7..Le pain du méchant remplit la bouche de gravier (*id.*). — 8. Ce temps te paraît éloigné ; hélas! tu te trompes, mon fils, il se hâte (*Fénelon*).

16ᵉ EXERCICE.

1. Je portai ma main sur ma tête, je touchai mon front et mes yeux (*Buffon*). — 2. Ils ont été plus d'une fois décrits par les voyageurs de la véracité la moins suspecte (*Péron*). — 3. La mer, à demi calmée, retire en murmurant ses ondes bouillonnantes (*Lacépède*). — 4. Toute puissance est faible à moins que d'être unie (*La Fontaine*). — 5. Chaque instant ajoute un nouveau trait aux beautés de la nature (*Barthélemy*).—6. Cette lettre m'encouragea (*Montesquieu*).—7. Vous me rendez un très-bon compte de votre étude et de votre conversation avec M. Despréaux (*Racine*). — 8. Dans les murs, hors des murs, la désolation, l'épouvante, le vertige de la terreur se répandent en un instant (*Marmontel*).

5ᵉ LEÇON.

OBSERVATIONS IMPORTANTES SUR LE COMPLÉMENT DIRECT ET LES COMPLÉMENTS INDIRECTS.

38. — Un nom pris dans un sens partitif n'est pas réellement le complément direct de l'attribut : le complément direct est dans ce cas le mot *partie, portion, certaine quantité, quelque, etc.*, ou tout autre mot dont l'idée est implicite-

ment contenue dans le partitif et qu'il convient de rétablir dans la proposition. Exemples : « *Il a* des *livres ;* c'est-à-dire, *il a ques-uns des livres.* — *Donnez-moi* du *pain ;* c'est-à-dire, *donnez-moi* une portion *du pain* entier. — *Il répandit* des *larmes ;* c'est-à-dire, *il répandit* une certaine quantité de *les larmes* (Dumarsais). — *Le génie et la vertu méritent* des *hommages ;* méritent quelques-uns de *les hommages.*

39. — Le pronom *en*, signifiant *de cela* ou *des personnes dont on parle*, n'est jamais complément direct : il est complément indirect, comme dans cette phrase, *Ce sont de véritables amis : je n'oublierai jamais les services que j*'en *ai reçus*, c'est-à-dire que j'ai reçus *d'eux ;* ou bien il dépend des compléments directs *un peu, une partie, quelqu'un, quelqu'une, quelques-uns*, etc., exprimés ou sous-entendus. En conséquence il ne faudra jamais, en faisant l'analyse, indiquer ce pronom comme complément direct. Dans cette phrase : *Nous attendons des hommes, il* en *viendra* quelqu'un (*Acad.*), le pronom *en* est complément déterminatif du complément direct *quelqu'un* qui est ici exprimé : nous attendons quelqu'un *d'eux, de ces hommes.*

De même dans la phrase *Avez-vous reçu des étrennes ?* — *Oui, j*'en *ai reçu* quelques-unes, le pronom *en* est complément déterminatif du complément direct *quelques-unes* : j'ai reçu quelques-unes *de cela, de ces choses, des étrennes.*

Et dans *Voulez-vous du pain ?* — *J*'en *veux ;* c'est-à-dire voulez-vous *une portion, une partie* du pain? Je veux une *partie, un peu* de cela, le pronom *en* est encore complément déterminatif du complément direct *une partie, un peu*, qui reste sous-entendu (1).

40. — Le complément direct est quelquefois un verbe à l'infinitif, comme dans *Je veux partir ; Il espère venir.* Souvent aussi cet infinitif a lui-même un complément direct ou in-

---

(1) Voir une discussion sur ce point, à la suite du paragraphe 134 de notre Grammaire française avec compléments, livre à l'usage du maître.
En latin le complément direct correspond souvent à un nom précédé de l'article partitif. *Da mihi panem, donnez-moi* du pain; *habet libros, il a des* livres.

direct; exemples : *Il veut nous voir; Je désire l'entendre*
(Acad.); *Il prétend atteindre à cette hauteur.* L'infinitif est
quelquefois suivi lui-même d'un autre infinitif : *Il croit pouvoir grimper jusqu'au sommet.* Enfin il peut se faire que le
verbe qui précède l'infinitif ne soit pas transitif, mais intransitif; exemples : *Il est venu nous trouver ; Les écoliers allaient
venir ; Tu vas jouer ; Il paraît travailler ; Je vais vous le
dire*, etc.

Dans ces différents cas, pour éviter de nombreuses difficultés, dont la solution d'ailleurs ne serait d'aucune utilité pour
l'étude de la langue, on fera bien de réunir l'infinitif à l'attribut que renferme le premier verbe. Ainsi les phrases ci-dessus
s'analyseront de cette manière :

Je veux partir. — *Je,* sujet simple; *suis,* verbe; *voulant partir,*
attribut simple.
Il espère venir. — *Espérant venir,* attribut simple.
Il veut nous voir. — *Voulant voir,* attribut simple et complexe;
nous, complément direct.
Je désire l'entendre.—*Désirant entendre,* attribut simple et com-
plexe; *le,* complément direct.
Il prétend atteindre à cette hauteur. — *Prétendant atteindre,* at-
tribut simple et complexe ; *à cette hauteur,* complément indirect.
Il croit pouvoir grimper jusqu'au sommet. — *Croyant pouvoir
grimper,* attribut simple et complexe; *jusqu'au sommet,* complément
indirect.
Il est venu nous trouver. — *Est,* verbe; *venu trouver,* attribut ·
simple et complexe; *nous,* complément direct.
Les écoliers allaient venir. — *Allant venir,* attribut simple.
Tu vas jouer. — *Allant jouer,* attribut simple.
Il paraît travailler. — *Paraissant travailler,* attribut simple.
Je vais vous le dire. — *Allant dire,* attribut simple et complexe ;
le, complément direct; *vous* (à vous), complément indirect.

40 *bis.* — Il faut cependant excepter le cas où l'infinitif est
suivi d'un nom désignant la personne ou les personnes, la
chose ou les choses qui font l'action marquée par cet infinitif.
Exemples : *Je vois venir nos gens ; J'entends gronder l'orage.*
C'est, en effet, comme s'il y avait : *Je vois nos gens qui
viennent; J'entends l'orage qui gronde.* On devra donc analyser de cette manière :

Je, sujet simple; *suis,* verbe; *voyant,* attribut simple et complexe; *nos gens venir* (qui viennent), complément direct.

Je, sujet simple ; *suis*, verbe ; *entendant*, attribut simple et complexe ; *l'orage gronder*, complément direct.

41. — Tout autre mot, nom ou adjectif, qui sera complément d'un verbe intransitif sans le secours d'une préposition, pourra aussi être réuni à ce verbe intransitif. Ainsi l'analyse des phrases : *Il paraît savant ; Ce même animal devient notre aliment*, ne serait point mauvaise, si l'on disait *paraissant savant, devenant notre aliment*, attributs simples. Il sera mieux cependant de considérer les mots *savant* et *notre aliment* comme compléments déterminatifs des attributs *paraissant* et *devenant ;* parce qu'en effet ces mots déterminent le sens du mot principal de l'attribut dont ils font partie.

42. — Si l'infinitif qui suit le verbe transitif ou intransitif est précédé de la préposition *à* ou de la préposition *de*, on fera comme dans le cas où il n'y a pas de préposition ; on le réunira à l'attribut renfermé dans le premier verbe. Exemples :

Tu cherches à nuire. — *Tu*, sujet simple ; *es*, verbe ; *cherchant à nuire*, attribut simple (1).

Elle aime à lire. — *Aimant à lire*, attribut simple.

Il apprend à danser. — *Apprenant à danser*, attribut simple.

Il demande à parler (Acad.). *Demandant à parler*, attribut simple.

Elle apprend à respecter la vertu. — *Apprenant à respecter*, attribut simple et complexe ; *la vertu*, complément direct.

On lui donna à entendre qu'il ferait bien de se retirer (Acad.). — *Donnant à entendre*, attribut simple et complexe ; *lui* (à lui), complément indirect ; *qu'il ferait bien de se retirer*, complément direct.

Il ferait bien de se retirer. — *Faisant bien de retirer*, attribut simple et complexe ; *se*, complément direct.

Cela lui donna fort à penser (Acad). — *Donnant à penser*, attribut simple et complexe ; *lui* (à lui), complément indirect ; *fort*, complément circonstanciel.

Je désirais de vous rencontrer (Acad.). — *Désirant de rencontrer*, attribut simple et complexe ; *vous*, complément direct (2).

---

(1) Cette analyse est irréprochable : l'attribut se compose en effet non-seulement du mot principal *cherchant*, mais des mots *à nuire*, qui s'y rattachent ; et cet attribut est simple. Il faut s'en tenir là ; si l'on veut pousser plus loin l'analyse, on se jette fort inutilement dans des difficultés inextricables, et dont la solution, quelle qu'elle soit, peut toujours être contestée.

(2) Comparez la phrase. *Je désirais de vous rencontrer* avec l'exemple *Je désire l'entendre* de l'alinéa 40. Dans celle-ci l'infinitif n'est point précédé

Je crains de succomber. — *Craignant de succomber*, attribut
simple.

Ils se proposent de venir. — *Proposant de venir*, attribut simple
et complexe; *se* (à soi), complément indirect.

43. — Il peut se faire qu'il y ait ellipse d'un complément
direct entre le verbe transitif et l'infinitif précédé de la préposition. Dans ce cas, il convient de rétablir le complément
direct; mais il faut que ce complément se présente tout natu-
rellement, comme dans ces phrases : *Il demande à manger*;
c'est-à-dire, *il demande* quelque chose *à manger.* — *Dieu
ne lui a pas accordé de vivre assez longtemps pour voir ses
enfants établis* (Acad.); c'est-à-dire, *Dieu ne lui a pas accordé*
la grâce, la faveur *de vivre assez longtemps,* etc.

———

Exercices sur la 5ᵉ leçon.

17ᵉ EXERCICE.

1. Cette forêt a sous ses pieds de gras pâturages (*Fénelon*).
— 2. J'ai vu des savants aimables, mais j'en ai trouvé d'un peu
lourds (*Marmontel*). — 3. J'ai ravagé à mon tour leur territoire, j'en ai retiré une quantité prodigieuse de grains (*Vertot*). — 4. Tous les hommes veulent vivre (*Massillon*). — 5.
Nos voix plaintives sont arrivées au trône du Tout-Puissant,
sa justice va te frapper, ma patrie touche à sa délivrance (*Florian*). — 6. Son bien est devenu la proie d'un intrigant
(*Acad.*). — 7. Paul résolut d'allumer du feu à la manière
des noirs (*B. de Saint-Pierre*). — 8. On aime à deviner les
autres, mais on n'aime pas à être deviné (*Vauvenargues*).

Modèle d'analyse.

1. Cette forêt a sous ses pieds de gras pâturages. — *Forêt, suj.
simple et complexe; cette, complém. déterm. du suj.: est, verbe;
ayant, at. simple et complexe; sous ses pieds, complém. circonst.:
certain nombre ou certaine quantité de gras pâturages, complém.
direct.*

———

d'une préposition, dans l'autre il est précédé de la préposition *de*; mais l'analyse se fait de la même manière.

2. J'ai vu des savants aimables; mais j'en ai trouvé d'un peu lourds. — Cette phrase renferme deux propositions. — 1ʳᵉ propos.: Je, *suj. simple*; suis, *verbe:* ayant vu, *at. simple et complexe;* quelques-uns des savants aimables, *complém. direct.* — 2ᵉ propos. : Je, *suj. simple;* ai été, *verbe;* trouvant, *at. simple et complexe;* quelques-uns d'eux (en) un peu lourds, *complém. direct* (1).

3. J'ai ravagé à mon tour leur territoire, j'en ai retiré une quantité prodigieuse de grains. — Cette phrase renferme deux propositions. — 1ʳᵉ propos. : Je, *suj. simple;* suis, *verbe;* ayant ravagé, *at. simple et complexe;* à mon tour, *complém. circonst. ;* leur territoire, *complém. direct.* — 2ᵉ propos. : Je, *suj. simple;* suis, *verbe;* ayant retiré, *at. simple et complexe;* en (de lui, du territoire), *complém. indir.;* une quantité prodigieuse de grains, *complém. direct.*

4. Tous les hommes veulent vivre. — Les hommes, *suj. simple et complexe;* tous, *complém. du suj.* ; sont, *verbe;* voulant vivre, *at. simple.*

5. Nos voix plaintives sont arrivées au trône du Tout-Puissant, sa justice va te frapper, ma patrie touche à sa délivrance. — Cette phrase renferme trois propositions. — 1ʳᵉ propos. : Voix, *suj. simple et complexe;* nos et plaintives, *complém. du suj.* (*nos* est un compl. déterm.); sont, *verbe;* arrivées, *at. simple et complexe ;* au trône du Tout-Puissant, *complém. ind.* — 2ᵉ propos. : Justice, *suj. simple et complexe;* sa, *complém. déterm.* ; est, *verbe;* allant frapper, *at. simple et complexe;* te, *complém. direct.* — 3ᵉ propos. : Patrie, *suj. simple et complexe;* ma, *complém. déterm. du suj.* ; est, *verbe;* touchant, *at. simple et complexe;* à sa délivrance, *complém. ind.*

6. Son bien est devenu la proie d'un intrigant. — Bien, *suj. simple et complexe;* son, *complém. déterm. du sujet ;* est, *verbe;* devenu la proie d'un intrigant, *complém. déterm. de l'attribut.*

7. Paul résolut d'allumer du feu à la manière des noirs. — Paul, *suj. simple;* fut, *verbe;* résolvant d'allumer, *at. simple et complexe;* du feu (quelque feu), *complém. direct;* à la manière des noirs, *complém. circonst.*

8. On aime à deviner les autres, mais on n'aime pas à être deviné. — Cette phrase renferme deux propositions. — 1ʳᵉ propos. : On, *suj. simple* ; est, *verbe;* aimant à deviner, *at. simple et complexe;* les autres, *complém. direct.* — 2ᵉ propos. : On, *suj. simple;* est, *verbe;* n'aimant pas à être deviné, *at. simple.*

18ᵉ EXERCICE.

1. Ils demandent au ciel des orages et des tempêtes (*Marmontel*). — 2. Plusieurs femmes m'ont promis de venir, nous en aurons quelqu'une (*Acad.*). — 3. Il avait une jolie maison,

---

(1) *En* (d'eux) est complément déterminatif du complément direct *quelques uns.* (Voir l'alinéa 39.)

il en a dissipé follement tous les revenus qu'il en a retirés (*Girault-Duvivier*). — 4. Je ne dois pas espérer mieux de l'avenir que du passé (*Madame de Sévigné*). — 5. Je suppose que les cieux vont s'ouvrir sur vos têtes (*Massillon*). — 6. Il est devenu ministre (*Acad.*). — 7. Vous n'entreprendrez pas de ruiner un héritage qui peut quelque jour vous appartenir (*Mézerai*). — 8. On aime à raconter les maux qu'on a soufferts (*Delille*).

19ᵉ EXERCICE.

1. La nécessité donne de l'industrie (*B. de Saint-Pierre*). — 2. La crainte de faire des ingrats ou le déplaisir d'en avoir trouvé ne l'ont jamais empêchée de faire du bien (*Fléchier*). — 3. Pouvais-je me refuser à la victoire, qui marchait devant moi ? (*Vertot.*) — 4. Il paraît être satisfait (*Acad.*). — 5. Ces choses-là me semblent belles et bonnes (*id.*). — 6. Ne craignons donc point de prendre l'épée d'une main et le flambeau de l'autre (*Saint-Réal*). — 7. Les soldats commencèrent donc à ne reconnaître que leur général (*Montesquieu*). — 8. Les Romains ont toujours renoncé à leurs usages, sitôt qu'ils en ont trouvé de meilleurs (*id.*).

20ᵉ EXERCICE.

1. Un manant au miroir prenait des oisillons (*La Fontaine*). — 2. Duguay-Trouin n'eût désiré les vaincre que pour les sauver (*Thomas*). — 3. Les raisons paraissent bonnes (*Acad.*). — 4. Ils me semblèrent être un peu fâchés (*id.*). — 5. Ils paraissent se donner, et ils veulent prendre les peuples (*Fénelon*). — 6. Il aime à être flatté (*Acad.*).

7. Hélas ! j'étais aveugle en mes vœux aujourd'hui ;
  J'en ai fait contre toi, quand j'en ai fait pour lui. (*Corneille.*)

8.   Le glaive a tué bien des hommes,
    La langue en a tué bien plus. (*F. de Neufchâteau.*)

6ᵉ LEÇON.

DES DIFFÉRENTES ESPÈCES DE PROPOSITIONS.

44. — Les mêmes rapports qui existent entre les différentes parties d'une proposition peuvent exister entre les propositions elles-mêmes. En effet, une proposition peut servir de complément à une autre proposition ou à l'une de ses parties ; nous en verrons bientôt des exemples.

45. — Les propositions, considérées sous le point de vue des rapports qui les unissent, sont les unes *principales,* les autres *complétives* ou *secondaires.*

Les propositions complétives ou secondaires se divisent en *subordonnées* et *incidentes.*

1ʳᵉ Section. — **Proposition principale,** **proposition complétive et proposition subordonnée.**

46. — La proposition *principale* est celle qui énonce ce que l'on veut principalement exprimer.

La proposition principale a un sens complet par elle-même, comme quand on dit : *Dieu est grand,* ou bien elle est accompagnée d'une ou de plusieurs propositions secondaires qui en dépendent et en complètent le sens ; exemple : *Je crois que la vertu seule rend les hommes heureux.* Dans cette phrase, le sens de la proposition principale *Je crois* est complété par la proposition complétive ou secondaire *que la vertu rend les hommes heureux,* dont le sens dépend de la principale.

47. — Plusieurs propositions principales peuvent se trouver à la suite l'une de l'autre dans la même phrase ; on dit alors qu'elles sont *coordonnées* ou *juxta-posées.*

Elles sont *coordonnées* lorsqu'elles sont unies entre elles par les conjonctions *et, ou, ni, mais, car, or, donc.* — Exemple : *Recherchez la société des bons* et *fuyez celle des méchants,* car *celui qui s'expose au danger y périra.*

Elles sont *juxta-posées* lorsqu'elles sont placées l'une à côté de l'autre sans être liées ensemble par une conjonction, et qu'elles forment chacune un sens complet. Exemple :

> L'arbre tient bon, le roseau plie,
> Le vent redouble ses efforts. (*La Fontaine.*)

48. — La proposition *subordonnée* est celle qui se rattache à la principale pour en compléter le sens, comme complément direct ou comme complément circonstanciel. La proposition subordonnée commence par les conjonctions *que, si* (conditionnel), ou par la plupart des locutions conjonctives où entre le *que.*

Je crois que Dieu est saint. La proposition principale est *je crois,* la subordonnée est *que Dieu saint,* et cette proposition forme le complément direct de la première.

Ce livre est toujours sur le bureau, afin qu'on puisse le consulter (*Acad.*). La principale est *ce livre est toujours sur le bureau;* la seconde proposition *afin qu'on puisse le consulter* est subordonnée à la première, comme complément circonstanciel.

Si vous voulez être heureux, aimez la vertu (*Acad.*). La proposition principale est *aimez la vertu*; cette proposition a pour complément circonstanciel la subordonnée *si vous voulez être heureux.*

49. — REMARQUES. I. Les conjonctions *et, ni, ou, mais* peuvent précéder une proposition coordonnée, comme une proposition subordonnée; mais ces conjonctions unissent *immédiatement* les propositions coordonnées, tandis que devant des propositions subordonnées elles sont suivies d'une autre conjonction. Exemples :

Propositions coordonnées. *Par cette nouvelle loi, la puissance consulaire fut affaiblie dans son origine, et le peuple étendit ses droits* (Montesquieu).

> *Le lion n'est pas fait pour tracer les sillons,*
> *Ni l'aigle pour voler dans les humbles vallons.* (J.-B. ROUSSEAU.)

Vous viendrez chez moi ou *j'irai chez vous.* — *Il est fort honnête homme,* mais *il est un peu brutal* (Acad.).

Propositions subordonnées. *Je crois que Dieu est saint* et *qu'il est tout-puissant.* — *Je ne crois pas que mon frère vienne* ni *qu'il puisse venir.* — *Je ne sais si vous avez raison* ou *si vous avez tort.* — *Il n'a pas dit qu'il viendrait,* mais *qu'il nous écrirait.*

II. La proposition principale est quelquefois sous-entendue devant la subordonnée ; exemple : *Qu'on appelle mon fils* (Racine) ; c'est-à-dire, *je veux* ou *j'ordonne* qu'on appelle mon fils.

III. Pusieurs propositions peuvent être subordonnées à la même proposition principale ; exemple : *Je crois fermement que l'âme est immortelle, que Dieu récompensera les bons et qu'il punira les méchants.* La principale est *je crois*, les trois autres propositions lui sont subordonnées.

IV. Une proposition peut être subordonnée à une autre subordonnée ; exemple : *Je désire que vous partiez promptement, pour que vous reveniez plus tôt* (Acad.). — *Je désire*, proposition principale. — Je désire quoi ? *que vous partiez promptement*, proposition subordonnée à *je désire*. — Pourquoi devez-vous partir promptement ? *Pour que vous reveniez plus tôt*, proposition subordonnée à la proposition *que vous partiez promptement*.

V. La proposition principale peut se trouver placée entre deux propositions qui lui sont subordonnées ; exemple : *Pour que le méchant fût heureux, il faudrait qu'il oubliât qu'il existe un Dieu.* — La proposition principale, *il faudrait* est placée entre les deux subordonnées *pour que le méchant fût heureux*, et *qu'il oubliât qu'il existe un Dieu.*

Exercices sur la 6ᵉ leçon.

21ᵉ EXERCICE.

1. Le signal se donne, la barrière s'ouvre, le taureau s'élance au milieu du cirque (*Florian*). — 2. Je crois que Dieu est saint et qu'il est tout-puissant. — 3. Lorsque la domination de Rome était bornée dans l'Italie, la République pouvait facilement subsister (*Montesquieu*). — 4. Le cheval voit le péril et l'affronte ; il se fait au bruit des armes, il l'aime, il le cherche et s'anime de la même ardeur (*Buffon*). — 5. Que l'on m'amène un âne (*La Fontaine*). — 6. Le chêne au tronc raide ne courbe que ses branches, l'élastique sapin balance sa haute pyramide, le peuplier robuste agite son feuillage mobile, et le bouleau laisse flotter le sien dans les airs comme une longue chevelure (*B. de Saint-Pierre*). — 7. Ces arbres s'enfoncent dans la terre par leurs racines, comme leurs branches s'élèvent vers le ciel (*Fénelon*). — 8. Si nous entendions dans une chambre, derrière un rideau, un instrument doux et harmo-

nieux, croirions-nous que le hasard, sans aucune main d'homme, pût avoir formé cet instrument? (*id.*)

Modèle d'analyse.

Le signal se donne, la barrière s'ouvre, le taureau s'élance au
milieu du cirque. — Cette phrase se compose de trois propositions
principales juxta-posées.

1re propos. Le signal se donne. — Le signal, *suj. simple*; est,
verbe; ouvrant, *at. simple et complexe*; se, *complém. direct.*

2e propos. La barrière s'ouvre. — La barrière, *suj. simple*;
est, *verbe*; ouvrant, *at. simple et complexe*; se, *complém. direct.*

3e propos. Le taureau s'élance au milieu du cirque. — Le taureau, *suj. simple*; est, *verbe*; élançant, *at. simple et complexe*; se,
complém. direct; au milieu du cirque, *complém. indirect.*

2. Je crois que Dieu est saint et qu'il est tout-puissant. — Cette
phrase se compose d'une proposition principale *je crois*, et de deux
subordonnées *que Dieu est saint et qu'il est tout-puissant.*

1° Je crois. *Proposition principale.* — Je, *suj. simple*; suis, *verbe*;
croyant, *at. simple et complexe*, ayant pour complém. direct les
deux propos. subordonnées.

2° Que Dieu est saint. *Propos. subordonnée.* — Dieu, *suj. simple*; est, *verbe*; saint, *at. simple.*

3° Et qu'il est tout-puissant. *Propos. subordonnée.* — Il, *suj. simple*; est, *verbe*; tout-puissant, *at. simple.*

3. Lorsque la domination de Rome était bornée dans l'Italie, la
république pouvait facilement subsister. — Cette phrase renferme
une proposition principale, *la république pouvait facilement subsister*, et une proposition subordonnée, *lorsque la domination de
Rome était bornée dans l'Italie.*

1° La république pouvait facilement subsister. *Propos. principale.*
— La république, *suj. simple*; était, *verbe*; pouvant subsister, *at.
simple et complexe*, ayant pour compléments circonst. l'adverbe facilement et la propos. subordonnée.

2° Lorsque la domination de Rome était bornée dans l'Italie.
Propos. subordonnée. — La domination, *suj. simple et complexe*;
de Rome, *complém. déterm. du sujet*; était, *verbe*; bornée, *at. simple et complexe*; dans l'Italie, *complém. circonst.*

4. Le cheval voit le péril et l'affronte; il se fait au bruit des armes, il l'aime, il le cherche et s'anime de la même ardeur. — Cette
phrase se compose de quatre propositions principales juxta-
posées.

1re propos. Le cheval voit le péril et l'affronte. — Le cheval, *suj.
simple*; est, *verbe*; voyant et affrontant, *at. multiple et complexe*;
le péril et le (pronom), *compléments directs.*

2e propos. Il se fait au bruit des armes. — Il, *suj. simple*; est,
verbe; faisant, *at. simple et complexe*; se, *complém. direct*; au bruit
des armes, *complém. indirect.*

3e propos. Il l'aime. — Il, *suj. simple*; est, *verbe*; aimant, *at.
simple et complexe*; le, *complém. direct.*

4ᵉ propos. Il le cherche et s'anime de la même ardeur. — Il, *suj. simple*; est, *verbe*; cherchant et animant, *at. multiple et complexe*; le *et* se, *compléments directs*; de la même ardeur, *complém. circonst.*

5. Que l'on m'amène un âne. — Dans cette phrase, on sous-entend la proposition principale *je demande :* La proposition *que l'on m'amène un âne* est une proposition subordonnée.

1° Je demande. *Propos principale.* — Je, *suj. simple;* suis, *verbe*; demandant, *at. simple et complexe*, ayant pour complém. direct la propos. subordonnée.

2° Que l'on m'amène un âne. *Propos. subordonnée.* — L'on, *suj. simple*; soit, *verbe;* amenant, *at. simple et complexe*; un âne, *complém. direct;* me (à moi), *complém. indirect.*

6. Le chêne au tronc raide ne courbe que ses branches, l'élastique sapin balance sa haute pyramide, le peuplier robuste agite son feuillage mobile, et le bouleau laisse flotter le sien dans les airs comme une longue chevelure. Cette phrase se compose de quatre propositions principales, trois juxta-posées et une coordonnée.

1ʳᵉ propos. Le chêne au tronc raide ne courbe que ses branches. — Le chêne, *suj. simple et complexe*; au tronc raide, *complém. du suj.* ; est , *verbe*; ne courbant , *at. simple et complexe*; autre chose que ses branches, *complém. direct.*

2ᵉ propos. L'élastique sapin balance sa haute pyramide. — Le sapin, *suj. simple et complexe*; élastique, *complém. du suj.*; est, *verbe*; balançant, *at. simple et complexe*; sa haute pyramide, *complém. direct.*

3ᵉ propos. Le peuplier robuste agite son feuillage mobile. — Le peuplier, *suj. simple et complexe*; robuste, *complém. du suj.*; est, *verbe*; agitant, *at. simple et complexe*; son feuillage mobile, *complém. direct.*

4ᵉ propos. Et le bouleau laisse flotter le sien dans les airs comme une longue chevelure. *Proposition principale coordonnée.* — Le bouleau, *suj. simple*; est, *verbe*; laissant flotter, *at. simple et complexe*; le sien, *complém. direct* ; dans les airs *et* comme une longue chevelure, *compléments circonstanciels.*

7. Ces arbres s'enfoncent dans la terre par leurs racines, comme leurs branches s'élèvent vers le ciel. — Cette phrase renferme une proposition principale, *ces arbres s'enfoncent dans la terre par leurs racines*, et une propos. subordonnée, *comme leurs branches s'élèvent vers le ciel*, formant un complém. circonst. de l'attribut de la propos. principale.

1° Ces arbres s'enfoncent dans la terre par leurs racines. *Propos. principale.* — Arbres, *suj. simple et complexe*; ces, *complém. déterm. du sujet* ; sont, *verbe*; enfonçant, *at. simple et complexe* ; se, *complém. direct*; dans la terre, *complément indir.*; par leurs racines, *complém. circonstanciel.*

2° Comme leurs branches s'élèvent vers le ciel. *Propos. subordonnée.* — Branches, *suj. simple et complexe*; leurs, *complém. déterm. du suj.*; sont, *verbe*; élevant, *at. simple et complexe;* se, *complém. direct ;* vers le ciel, *complém. indirect.*

2.

8. Si nous entendions dans une chambre, derrière un rideau, un instrument doux et harmonieux, croirions-nous que le hasard, sans aucune main d'homme, pût avoir formé cet instrument? — Cette phrase renferme trois propositions ; l'une principale, *croirions-nous;* l'autre subordonnée, *que le hasard, sans aucune main d'homme, pût avoir formé cet instrument*, et formant le complément direct de la principale ; l'autre subordonnée aussi, *si nous entendions dans une chambre, derrière un rideau, un instrument doux et harmonieux*, et formant un complém. circonst. de la proposition principale.

1° Croirions-nous. *Propos. principale.* — Nous, *suj. simple :* serions, *verbe;* croyant, *at. simple et complexe*, ayant pour compléments les deux autres propositions.

2° Que le hasard, sans aucune main d'homme, pût avoir formé cet instrument. *Propos. subordonnée.* — Le hasard, *suj. simple;* fût, *verbe;* pouvant avoir formé, *at. simple et complexe;* cet instrument, *complém. direct* ; sans aucune main d'homme, *complém. circonst.*

3° Si nous entendions, dans une chambre, derrière un rideau, un instrument doux et harmonieux. *Propos. subordonnée.* — Nous, *suj. simple;* étions, *verbe;* entendant, *at. simple et complexe;* dans une chambre *et* derrière un rideau, *complém. circonst.;* un instrument doux et harmonieux, *complém. direct.*

22ᵉ EXERCICE.

1. On dit qu'il se nomme Cléomènes (*Fénelon*). — 2. Tout soldat était également citoyen ; chaque consul avait une armée (*Montesquieu*). — 3. Qu'il parte tout-à-l'heure (*Acad.*). — 4. Il est fort honnête homme, mais il est un peu brutal (*id.*). — 5. Pendant que les guerres réussissent et que les conquêtes s'augmentent, les jalousies se réveillent (*Bossuet*). — 6. Les Lacédémoniens étaient retenus chez eux par une fête ; les autres alliés se préparaient à la solennité des jeux olympiques; les uns et les autres croyaient que Xerxès était encore loin des Thermopyles (*Barthélemy*). — 7. Je ne sais si vous avez raison ou si vous avez tort. — 8. Son courage épuisé succombe; son sang se glace de frayeur; à peine il ose respirer (*Marmontel*).

23ᵉ EXERCICE.

1. Vous viendrez chez moi, ou j'irai chez vous. — 2. Il n'a pas dit qu'il viendrait, mais qu'il nous écrirait. — 3. Que je lise Sénèque! (*Regnard.*) — 4. Les uns avaient perdu l'usage

de leurs membres; les autres ne conservaient aucune idée du passé (*Barthélemy*). — 5. Si la grandeur de l'Empire perdit la République, la grandeur de la ville ne la perdit pas moins (*Montesquieu*). — 6. Les eaux tombent des hautes montagnes où leurs réservoirs sont placés (*Fénelon*). — 7. Qu'on examine de près la conduite de Charlemagne (*Mably*).

8. Le lion n'est pas fait pour tracer les sillons,
   Ni l'aigle pour voler dans les humbles vallons.

(J.-B. Rousseau.)

24ᵉ EXERCICE.

1. Par cette nouvelle loi, la puissance consulaire fut affaiblie dans son origine, et le peuple étendit ses droits (*Montesquieu*). — 2. Je ne crois pas qu'il vienne ni même qu'il veuille venir (*Acad.*). — 3. Dieu a voulu que le cours des choses humaines eût sa suite et ses proportions (*Bossuet*). — 4. A la fin la patience romaine l'emporte. Annibal est vaincu et Carthage subjuguée par Scipion l'Africain (*id.*). — 5. Que je chante ! bourreau (*Regnard*). — 6. Le parti de Marius et du peuple fut tout-à-fait abattu, et Sylla se rendit souverain sous le nom de Dictateur (*Bossuet*). — 7. Ils savaient que le meilleur esprit a besoin d'être formé par un travail persévérant et par une culture assidue (*d'Aguesseau*).

8. Il se trouble, il regarde : et partout sur ses rives
   Il voit fuir à grands pas ses Naïades plaintives.

(Boileau.)

7ᵉ LEÇON.

DES DIFFÉRENTES ESPÈCES DE PROPOSITIONS (*suite*).

2ᵉ Section. — **Propositions incidentes.**

50. — Les propositions *incidentes* sont celles qui se rattachent à une autre proposition comme complément déterminatif ou explicatif d'un mot de cette proposition. Exemples :

L'écolier qui aura bien fait son devoir *sera récompensé.*
La proposition *qui aura bien fait son devoir* est une incidente, parce qu'elle sert de complément déterminatif au mot *écolier,* sujet de la proposition principale *l'écolier sera récompensé.*

Celui *qui met un frein à la fureur des flots,*
Sait aussi des méchants arrêter les complots. (*Racine.*)

La proposition *qui met un frein à la fureur des flots* est une incidente, parce qu'elle est le complément déterminatif du mot *celui,* sujet de la proposition principale *celui sait aussi des méchants arrêter les complots.*

51. REMARQUES. I. Les propositions incidentes commencent par l'un des pronoms conjonctifs *qui, que, dont, auquel,* etc., précédés quelquefois d'une préposition, ou bien par les mots *où, d'où,* etc., qui équivalent à un pronom conjonctif.

II. Les conjonctions *et, ou, ni, mais,* peuvent précéder une proposition incidente; exemples : *L'homme qui craint Dieu et qui n'a aucun reproche à se faire, est bien fort dans l'adversité. Celui qui ne travaillera pas ou qui fera du bruit sera puni. C'est une affaire qui peut être lucrative,* mais *qui blesse les lois de la morale.* — Dans ce cas les conjonctions *et, ou, ni, mais,* sont suivies d'un pronom conjonctif ou des adverbes *où, d'où;* et c'est là ce qui distingue matériellement les incidentes des propositions coordonnées ou subordonnées, lesquelles, comme nous l'avons vu (49), peuvent aussi commencer par l'une des conjonctions *et, ou, ni, mais.*

52. — La proposition incidente est *déterminative,* lorsqu'elle forme un complément déterminatif, comme dans les exemples ci-dessus. Elle est incidente *explicative,* si elle forme un complément *explicatif.* Exemple :

La Grèce, que les Perses ne purent subjuguer, *fut soumise par les Romains.*

53. — On voit, par ce qui précède, que la proposition incidente déterminative ne peut être retranchée de la proposition principale, sans que le sens de cette dernière proposition soit dénaturé ou impossible; tandis que l'incidente explicative peut être supprimée sans que la proposition principale cesse d'être claire ou devienne absurde. Ainsi l'on pourrait énoncer seulement la proposition principale *la Grèce fut soumise par les Romains;* mais dans l'exemple : *L'écolier qui aura bien*

fait son devoir sera récompensé, la suppression de l'incidente déterminative, *qui aura bien fait son devoir,* dénaturerait le sens de la proposition principale.

Et dans les vers de Racine : *Celui qui met un frein à la fureur des flots,* etc., l'incidente déterminative, *qui met un frein à la fureur des flots,* ne saurait être retranchée, car on ne comprendrait plus alors le sens de la principale *Celui sait aussi des méchants arrêter les complots.*

54. — Remarques. I. Tout complément déterminatif ou explicatif dans lequel on fait entrer un verbe avec un sujet, devient une proposition incidente. Soit par exemple cette phrase : *Alexandre, vainqueur de tant de rois et de peuples, succomba à la colère.* Le sujet *Alexandre* a pour complément explicatif *vainqueur de tant de rois et de peuples,* et ce complément deviendra une incidente explicative si je dis : *Alexandre, qui fut vainqueur de tant de rois et de peuples, succomba a la colère.*

II. On doit considérer comme incidentes explicatives les propositions telles que *dit-il, dit-elle, disait-il, répondis-je,* etc., insérées dans un discours direct, rapporté textuellement, par exemple dans ces vers :

Ils sont trop verts, *dit-il,* et bons pour des goujats. (La Fontaine.)
Tremble, *m'a-t-elle dit,* fille digne de moi,
Le cruel Dieu des Juifs l'emporte aussi sur toi. (Racine.)

III. Les propositions subordonnées peuvent, comme les principales, renfermer des propositions incidentes; exemple :

Le vent redouble ses efforts
Et fait si bien qu'il déracine
Celui de qui la tête au ciel était voisine
Et dont les pieds touchaient l'empire des morts. (La Fontaine.)

A la subordonnée *qu'il déracine celui* se rattachent les deux incidentes qui la suivent et qui déterminent le sens du complément direct *celui.*

IV. Une incidente peut se rattacher aussi à une autre incidente ; exemple : *Nous interrogeons en vain cette science par laquelle nous observons ce qui se passe en nous.* L'incidente *qui se passe en nous* détermine le sens du mot *ce,* complément direct de la première incidente déterminative *par laquelle nous observons.*

Exercices sur la 7e leçon.

25e EXERCICE.

1. L'homme qui craint Dieu, et qui n'a aucun reproche à se

faire, est bien fort dans l'adversité. — 2. Mon père, qui était déjà chargé d'une nombreuse famille, ne voulut point m'élever (*Fénelon*). — 3. Le soleil, dit l'Écriture, sait où il doit se coucher chaque jour (*id.*). — 4. Vous auriez honte de votre cruauté, si vous aviez ri du malheureux qui a la jambe coupée (*id.*). — 5. Lorsque les légions passèrent les Alpes et la mer, les gens de guerre, qu'on était obligé de laisser pendant plusieurs campagnes dans les pays que l'on soumettait, perdirent peu à peu l'esprit de citoyens (*Montesquieu*). — 6. Le tigre désole le pays qu'il habite (*Buffon*). — 7. Les mœurs, sans lesquelles la liberté dégénère toujours en une licence dangereuse, se corrigèrent (*Mably*). — 8. Celui qui ne travaillera pas ou qui fera du bruit sera puni.

Modèle d'analyse.

1. L'homme qui craint Dieu, et qui n'a aucun reproche à se faire, est bien fort dans l'adversité. — Cette phrase renferme trois propositions : une principale, *l'homme est bien fort dans l'adversité,* et deux incidentes déterminatives, *qui craint Dieu,* et *qui n'a aucun reproche à se faire.*

1° L'homme est bien fort dans l'adversité. *Propos. principale.* — L'homme, *suj. simple et complexe, ayant pour compléments déterm. les deux incidentes* ; est, *verbe*; fort, *at. simple et complexe* ; bien *et* dans l'adversité, *compléments circonst.*

2° Qui craint Dieu. *Propos. incidente déterm.* — Qui, *suj. simple*; est, *verbe*; craignant, *at. simple et complexe*; Dieu, *complém. direct.*

3° Et qui n'a aucun reproche à se faire. *Propos. incidente déterm.* — Qui, *suj. simple*; est, *verbe*; n'ayant à faire, *at. simple et complexe*; aucun reproche, *complém. direct*; se (à soi), *complém. indirect.*

2. Mon père, qui était déjà chargé d'une nombreuse famille, ne voulut point m'élever. — Cette phrase renferme deux propositions : une principale, *mon père ne voulut point m'élever,* et une incidente explicative, *qui était déjà chargé d'une nombreuse famille.*

1° Mon père ne voulut point m'élever. *Propos. principale.* — Père, *suj. simple et complexe*; mon, *complém. déterm. du sujet* ; fut, *verbe* ; ne voulant point élever, *at. simple et complexe*; me, *complém. direct.*

2° Qui était déjà chargé d'une nombreuse famille. *Propos. incidente explicative, formant un complém. explicatif du sujet* père. — Qui, *suj. simple*; était, *verbe*; chargé, *at. simple et complexe*; déjà, *complément circonstanciel*; d'une nombreuse famille, *complément indirect.*

3° Le soleil, dit l'Écriture, sait où il doit se coucher chaque jour. — Cette phrase se compose de trois propositions : une principale, *le soleil sait* ; une incidente explicative, *dit l'Écriture,* et une incidente déterminative, *où il doit se coucher chaque jour.*

1° Le soleil sait (le lieu). *Propos. principale.* — Le soleil, *suj. simple.* ; est, *verbe* ; sachant, *at. simple et complexe, ayant pour le complém. direct* lieu, *sous-entendu.*

2° Où il doit se coucher chaque jour. *Propos. incidente détermin.* — Il, *suj. simple* ; est *verbe* ; devant coucher, *at. simple et complexe* ; se, *complém. direct.* ; où (dans lequel) *et* chaque jour, *compléments circonstanciels.*

3° Dit l'Écriture. *Propos. incidente explicative.* —L'Écriture, *suj. simple* ; est, *verbe* ; disant, *at, simple et complexe* ; ce *ou* cela, *sous-entendu,* complém. direct.

4. Vous auriez honte de votre cruauté, si vous aviez ri du malheureux qui a la jambe coupée. — Cette phrase renferme trois propositions : une principale, *vous auriez honte de votre cruauté* ; une subordonnée, *si vous aviez ri du malheureux,* et une incidente détermin. *qui a la jambe coupée,* déterminant le sens du mot malheureux.

1° Vous auriez honte de votre cruauté. *Propos. principale.* — Vous, *suj. simple ;* seriez, *verbe* ; ayant honte, *at. simple et compl.* ; de votre cruauté, *complém. indir.*

2° Si vous aviez ri du malheureux. *Propos. subordonnée formant un complém. circonst. de la principale.* — Vous, *suj. simple* ; étiez, *verbe* ; ayant ri, *at. simple et complexe* ; du malheureux, *complém. indirect.*

3° Qui a la jambe coupée. *Propos. incidente déterm.* — Qui, *suj. simple et incompl.* ; est, *verbe* ; ayant, *at. simple et complexe* ; la jambe coupée, *complém. direct.*

5. Lorsque les légions passèrent les Alpes et la mer, les gens de guerre, qu'on était obligé de laisser pendant plusieurs campagnes dans les pays que l'on soumettait, perdirent peu à peu l'esprit de citoyens. — Cette phrase se compose de quatre propositions : Une principale, *les gens de guerre perdirent peu à peu l'esprit de citoyens* ; une incidente explicative, *qu'on était obligé de laisser pendant plusieurs campagnes dans les pays* ; une incidente déterminative, *que l'on soumettait* ; et une subordonnée, *lorsque les légions passèrent les Alpes et la mer.*

1° Les gens de guerre perdirent peu à peu l'esprit de citoyens. *Propos. principale.* —Les gens, *suj. simple et complexe* ; de guerre, *complém. déterm. du sujet* ; furent, *verbe* ; perdant, *at. simple et complexe* ; peu à peu, *complém. circonst.* ; l'esprit de citoyens, *complém. direct.*

2° Qu'on était obligé de laisser pendant plusieurs campagnes dans les pays. *Propos. incidente explicative, formant un complém. explicatif du sujet* gens de guerre. — On, *suj. simple* ; était, *verbe* ; obligé de laisser, *at. simple et complexe* ; que (lesquels), *complém. direct* ; pendant plusieurs campagnes *et* dans les pays, *compléments circonstanciels.*

3° Que l'on soumettait. *Propos. incidente déterminative, déterminant le sens du mot* pays. — L'on, *suj. simple*; était, *verbe;* soumettant, *at. simple et complexe*; que (lesquels), *complém. direct.*

4° Lorsque les légions passèrent les Alpes et la mer. *Propos. subordonnée.* — Les légions, *suj. simple;* furent, *verbe;* passant, *at. simple et complexe*; les Alpes *et* la mer, *complém. directe.*

6. Le tigre désole le pays qu'il habite. — Cette phrase se compose de deux propositions : une principale, *le tigre désole le pays*, et une incidente déterminative, *qu'il habite.*

1° Le tigre désole le pays. *Propos. principale.* — Le tigre, *suj. simple*; est, *verbe*; désolant, *at. simple et complexe*; le pays, *complém. direct.*

2° Qu'il habite. *Propos. incidente déterminative.* — Il, *suj. simple*; est, *verbe*; habitant, *at. simple et complexe*; que (lequel), *complém. direct.*

7. Les mœurs, sans lesquelles la liberté dégénère toujours en une licence dangereuse, se corrigèrent. — Cette phrase se compose de deux propositions : une principale, *les mœurs se corrigèrent*; une incidente explicative, *sans lesquelles la liberté dégénère toujours en une licence dangereuse.*

1° Les mœurs se corrigèrent. *Propos. principale.* — Les mœurs, *suj. simple et complexe, ayant pour complém. explicatif l'incidente explicative*; furent, *verbe*; corrigeant, *at. simple et complexe*; se, *complém. direct.*

2° Sans lesquelles la liberté dégénère toujours en une licence dangereuse. *Propos. incidente explicative.* — La liberté, *suj. simple*; est, *verbe*; dégénérant, *at. simple et complexe*; en une licence dangereuse, *complém. indirect;* sans lesquelles (mœurs), *complém. circonst.*

8. Celui qui ne travaillera pas ou qui fera du bruit sera puni. — Cette phrase renferme trois propositions : une principale, *celui sera puni*, et deux incidentes déterminatives, *qui ne travaillera pas* et *ou qui fera du bruit.*

1° Celui sera puni. *Propos. principale.* — Celui, *sujet simple et complexe, ayant pour compléments déterm. les deux incidentes*; sera, *verbe*; puni, *at. simple.*

2° Qui ne travaillera pas. *Propos. incidente déterm.* — Qui, *suj. simple*; sera, *verbe*; ne travaillant pas, *at. simple.*

3° Ou qui fera du bruit. *Propos. incidente déterm.* — Qui, *suj. simple et incompl.*; sera, *verbe*; faisant, *at. simple et complexe*; du bruit (quelque bruit), *complém. direct.*

26ᵉ EXERCICE.

1. Les cyprès et les minarets que j'apercevais à travers cette vapeur, présentaient l'aspect d'une forêt dépouillée (*Châteaubriand*). — 2. Le capitaine, qui connaissait Jaffier pour un

des plus vaillants hommes du monde, accusa ce jugement de précipitation et d'excès (*Saint-Réal*). — 3. Quand on est sage, on ne voit rien dans le monde qui ne paraisse de travers et qui ne déplaise (*Fénelon*). — 4. Le mouvement des astres, dira-t-on, est réglé par des lois immuables (*id.*). — 5. Quand tu t'apercevras que ma plume sentira la vieillesse, ne manque pas de m'en avertir (*Lesage*). — 6. La terre, qui ne change jamais, fait tous ses changements dans son sein (*Fénelon*). — 7. Ceux qui étaient assez durs pour résister à l'impression que faisaient tant d'aimables qualités, n'échappaient point à ses bienfaits (*Vertot*). — 8. C'est une affaire qui peut être lucrative, mais qui blesse les lois de la morale.

27e EXERCICE.

1. Valérie et les autres femmes qui l'accompagnaient ne lui répondirent que par leurs larmes (*Vertot*). — 2. On dit que les pilotes craignent au dernier point ces mers pacifiques où l'on ne peut naviguer (*Fontenelle*). — 3. Cette immortalité, qui est la plus douce espérance de la foi, n'est promise qu'à la foi même (*Massillon*). — 4. Les généraux, qui disposèrent des armées et des royaumes, sentirent leur force et ne purent plus obéir (*Montesquieu*). — 5. Le lion, lorsqu'il a faim, attaque de face tous les animaux qui se présentent (*Buffon*). — 6. La dignité même de la couronne, dont vous êtes un des héritiers, le méritait (*Fénelon*). — 7. Je vois bien, dit Socrate, que nous ne ferons pas sitôt la guerre, si l'on vous charge du gouvernement (*Rollin*). — 8. Apprenez que je n'ai jamais composé de meilleure homélie que celle qui n'a pas votre approbation (*Lesage*).

28e EXERCICE.

1. Le roi Artaxerxès résolut d'appeler à leur secours le célèbre Hippocrate, qui était alors dans l'île de Cos (*Barthélemy*). — 2. Je m'avance vers les lieux d'où s'échappent les magiques concerts (*Châteaubriand*). — 3. Une colonne de feu dont le sommet touche à la nue, descend sur l'arbre et le consume

avec le malheureux qui s'y était sauvé (*Marmontel*). — 4. Je
suis persuadé, reprit-il, qu'ils sont tous deux mortifiés de vous
avoir perdu (*Lesage*). — 5. Mardonius, à qui l'honneur d'a-
voir épousé la sœur de son maître inspirait les plus vastes prétentions, voulait commander les armées (*Barthélemy*). —
6. L'ascendant qu'il avait par son esprit sur toute sa cour lui
faisait négliger l'extérieur de sa personne (*Le Père Daniel*).

7. L'homme se plaît à voir les maux qu'il a soufferts.

(Delille.)

8. J'ai mes maux, lui dit-il, et vous avez les vôtres;
Unissons-les, mon père, ils seront moins affreux. (*Florian.*)

8e LEÇON.

DE LA CONSTRUCTION ET DES FIGURES DE CONSTRUCTION.

1re Section. — Diverses sortes de constructions.

55. — On entend par *construction* l'arrangement des mots
dans la phrase.

56. — La construction est *simple* ou elle est *figurée*.

57. — La construction *simple* présente d'abord le sujet,
puis le verbe et l'attribut ; si les parties essentielles de la proposition ont des compléments, ces compléments sont placés
immédiatement à la suite des mots auxquels ils se rattachent ;
exemple : *Alexandre, roi de Macédoine, vainquit Darius,
roi de Perse.*

La construction simple suit donc l'ordre logique, l'ordre
que prescrit l'analyse elle-même : c'est pour cette raison
qu'on l'appelle aussi construction *directe.*

58. — La construction *figurée* est celle où l'ordre logique
n'est pas observé, quoiqu'il doive toujours être aperçu, rec-
tifié ou suppléé (1).

---

(1) « L'ordre successif des rapports des mots n'est pas toujours exacte-
ment suivi dans l'exécution de la parole : la vivacité de l'imagination, l'empres-
sément à faire connaître ce qu'on pense, le concours des idées accessoires,

« Cette seconde sorte de construction est appelée *construction figurée*, parce qu'en effet elle prend une figure, une forme, qui n'est pas celle de la *construction simple*. La construction figurée est, à la vérité, autorisée par un usage particulier; mais elle n'est pas conforme à la manière de parler la plus régulière, c'est-à-dire à cette construction pleine et suivie dont nous avons parlé d'abord. Par exemple, selon cette première sorte de construction on dit *la faiblesse des hommes est grande;* le verbe *est* s'accorde en nombre et en personne avec son sujet *la faiblesse*, et non avec *des hommes*. Tel est l'ordre significatif, tel est l'usage général. Cependant on dit fort bien *la plupart des hommes se persuadent*, etc., où vous voyez que le verbe s'accorde avec *des hommes*, et non avec *la plupart* (DUMARSAIS). »

2ᵉ Section. — **Figures de construction.**

59. — Il y a quatre sortes de *figures* qui sont d'un grand usage dans la construction figurée, et auxquelles on peut réduire toutes les autres. Ces figures dites *figures de construction* ou *figures de grammaire*, sont l'*inversion* (1), l'*ellipse*, le *pléonasme* et la *syllepse*.

I. Inversion.

60. — L'*inversion* est le renversement de la construction simple ou directe. Il y a donc inversion toutes les fois que les mots ne sont pas placés dans l'ordre logique de la proposition. Par exemple dans cette phrase *Que voulez-vous?* il y a inversion du sujet *vous* et du complément direct *que :* l'ordre logique serait *vous voulez que* ou *quoi?* (1)

---

l'harmonie, le nombre, le rhythme, etc., font souvent que l'on supprime des mots dont on se contente d'énoncer les corrélatifs. On interrompt l'ordre de l'analyse ; on donne aux mots une place ou une forme, qui, au premier aspect, ne paraît pas être celle qu'on aurait dû leur donner. Cependant celui qui lit ou qui écoute ne laisse pas d'entendre le sens de ce qu'on lui dit, parce que l'esprit rectifie l'irrégularité de l'énonciation, et place dans l'ordre de l'analyse les divers sens particuliers, et même le sens des mots qui ne sont pas exprimés. » (DUMARSAIS. *De la construction.*)

(1) L'inversion s'appelle aussi *hyperbate*, c'est-à-dire confusion, mélange des mots. « Il y a hyperbate, lorsque l'on s'écarte de l'ordre successif de la

61. — L'inversion peut consister dans le déplacement du sujet, ou de l'attribut, ou des compléments. Voici quelques exemples.

1° Inversion du sujet. — *Viendrez-vous?* la construction directe serait *vous viendrez?* — *Vous,* sujet; *serez,* verbe; *venant,* attribut.

> Il ne convient pas à vous-mêmes,
> Repartit le vieillard.   (*La Fontaine.*)

Le vieillard, sujet; *fut,* verbe; *repartant,* attribut.

2° Inversion du sujet et de l'attribut. — *Bienheureux sont ceux que tu diriges.* La construction directe serait *ceux que tu diriges sont bienheureux.* — *Ceux,* sujet; *que tu diriges,* complément déterminatif du sujet; *sont,* verbe; *bienheureux,* attribut.

3° Inversion du complément du sujet. —

Ainsi de la vertu les lois sont éternelles. (*Racine* fils.)

Au lieu de *ainsi les lois de la vertu sont éternelles.* — *Les lois,* sujet; *de la vertu,* complément déterminatif du sujet; *sont,* verbe; *éternelles,* attribut.

Des plus braves soldats les trames sont coupées. (*Corneille.*)

C'est-à-dire *les trames des plus braves soldats sont coupées.* — *Les trames,* sujet; *des plus braves soldats,* complément déterminatif du sujet; *sont,* verbe; *coupées,* attribut.

4° Inversion du complément de l'attribut. —

Quelle foule d'objets l'œil réunit ensemble!
Que de rayons épars ce cercle étroit rassemble. (*Racine* fils.)

Au lieu de *l'œil réunit ensemble quelle foule d'objets!* ce cercle étroit rassemble *que* (combien) *de rayons épars.* — *L'œil,* sujet; *est,* verbe; *réunissant*, .attribut; *ensemble,*

---

construction simple. Cette figure était pour ainsi dire naturelle au latin. » (*Dumarsais.*) En français, sauf les inversions consacrées par l'usage, telle que celle-ci *Que voulez-vous?* on n'emploie ordinairement cette figure qu'en poésie on dans le style élevé, pour donner à la phrase de l'énergie, de la grâce ou de la clarté. (*Voyez notre Grammaire avec compléments, paragraphes 244 et suivants*).

complément circonstanciel ; *quelle foule d'objets,* complément
direct. — *Cercle,* sujet ; *ce* et *étroit,* compléments déterminatifs du sujet ; *est,* verbe ; *rassemblant,* attribut ; *que de
rayons épars,* complément direct.

———

Exercices sur la 8ᵉ leçon.

29ᵉ EXERCICE.

1. Que disent-ils de nous? (*Le Sage.*) — 2. Béni soit le Seigneur. — 3. Éclairé par la religion, l'homme comprend les
limites qui l'obsèdent de toutes parts (*de Gérando*). —
4. Glaive du Seigneur ! quel coup vous venez de frapper !
(*Bossuet.*) — 5. Tels sont mes vœux, mon espoir, ma pensée
(*Florian*). — 6. Le plus grand ouvrier de la nature est le
temps (*Buffon*).

7. A mes nobles projets je vois tout conspirer. (*Racine.*)

8. De tant d'objets divers le bizarre assemblage
   Peut-être du hasard vous paraît un ouvrage. (*Id.*)

Modèle d'analyse.

1. Que disent-ils de nous? *Inversion du sujet et du complém.
direct :* Ils disent que (quoi) de nous. *Propos. principale.* — Ils,
suj. simple ; sont, *verbe* ; disant, *at. simple et complexe* ; que, *complém. direct* ; de nous, *complém. indirect.*

2. Béni soit le Seigneur. *Inversion du suj. et de l'attribut :* Le
Seigneur soit béni. *Propos. subordonnée :* la principale, *Je désire*
est sous-entendue. — Le Seigneur, *suj. simple* ; soit, *verbe* ; béni,
at. simple.

3. Éclairé par la religion, l'homme comprend les limites qui
l'obsèdent de toutes parts. *Inversion du complément du sujet :*
L'homme éclairé par la religion comprend les limites qui l'obsèdent
de toutes parts. — Cette phrase renferme deux propositions : une
principale, *l'homme éclairé par la religion comprend les limites* ;
une incidente déterminative, *qui l'obsèdent de toutes parts.*

1° L'homme éclairé par la religion comprend les limites. *Propos.
principale.* — L'homme, *suj. simple et complexe ;* éclairé par la religion, *complém. déterm. du sujet* ; est, *verbe* ; comprenant, *at.
simple et complexe* ; les limites, *complém. direct.*

2° Qui l'obsèdent de toutes parts. *Propos. incidente détermina-*

tive, déterminant le sens du complément direct limites. — Qui, *suj. simple*; sont, *verbe*; obsédant, *at. simple et complexe*; le, *complém. direct.*; de toutes parts, *complém. circonst.*

4. Glaive du Seigneur! Quel coup vous venez de frapper! *Inversion du complém. direct :* Vous venez de frapper quel coup. *Propos. principale.* — Glaive du Seigneur, *mots en apostrophe*; vous, *suj. simple*; êtes, *verbe*; venant de frapper; *at. simple et complexe*; quel coup, *complém. direct.*

5. Tels sont mes vœux, mon espoir, ma pensée. *Inversion de l'attribut et du sujet :* Mes vœux, mon espoir, ma pensée sont tels. *Proposition principale.* — Vœux, espoir, pensée, *suj. multiple et complexe*; mes, mon et mon, *compléments déterm. du suj.*; sont, *verbe*; tels, *at. simple.*

6. Le plus grand ouvrier de la nature est le temps. *Inversion du sujet et de l'attribut :* Le temps est le plus grand ouvrier de la nature. *Propos. principale.* — Le temps, *suj. simple*; est, *verbe*; le plus grand ouvrier de la nature, *at. simple et complexe*; de la nature, *complém. déterm. d'ouvrier.*

7. A mes nobles projets je vois tout conspirer. *Inversion du complém.* à mes nobles projets : Je vois tout conspirer à mes nobles projets. *Propos. principale.* — Je, *suj. simple*; suis, *verbe*; voyant, *at. simple et complexe*; tout conspirer, etc. *complém. direct.* (Les mots *à mes nobles projets* sont un complément indirect du verbe conspirer et forment par conséquent un complément de complément) (1).

   8. De tant d'objets divers le bizarre assemblage,
      Peut-être du hasard vous parait un ouvrage.

Inversion des compléments du sujet et de l'attribut : Le bizarre assemblage de tant d'objets divers paraît peut-être à vous un ouvrage du hasard. *Propos. principale.* — L'assemblage, *suj. simple et complexe*; bizarre, *complém. du suj.*; de tant d'objets divers, *complém. déterm. du suj.*; est, *verbe*; paraissant, *at. simple et complexe*; peut-être, *complém. circonst.*; vous, *complém. indir.*; l'ouvrage du hasard, *complém. détermin. de l'attribut.*

30e EXERCICE.

1. Que fait ce peuple tremblant? (*Florian.*) — 2. Aux avantages de la nature, le cygne réunit ceux de la liberté (*Buffon*). — 3. Tels sont les temps remarquables qui nous marquent les changements de l'état de Rome considérée en

---

(1) Nous avons ici un exemple de ce que plusieurs grammairiens appellent une *proposition infinitive. Je vois tout conspirer à mes nobles projets* signifie évidemment *je vois tout qui conspire à mes nobles projets*, et la proposition *qui conspire*, etc., serait une incidente déterminative complétant le sens du complément direct *tout : conspirer à mes nobles projets* est donc un complément de complément; mais nous avons dit que l'on peut se dispenser d'entrer dans tous ces détails.

elle-même (*Bossuet*). — 4. Après de longues disputes, on revint au consulat (*id.*). — 5. Qu'eût été l'Univers privé de tout témoin? (*La Romiguière.*) — 6. Cela est heureux, reprit le duc d'un air sérieux (*Lesage*).

7. Du céleste séjour une jeune habitante,
   La houlette à la main, se montra devant moi. (*d'Avrigny.*)
8. Tous les jours, je t'attends; tu reviens tous les jours.
                                                    (*L. Racine.*)

31ᵉ EXERCICE.

1. Nos plus grands poëtes sont Corneille, Racine, Molière et La Fontaine. — 2. Sur les ailes de ces vents volent les nuées d'un bout de l'horizon à l'autre (*Fénelon*). — 3. Quels sont donc vos plaisirs? (*Racine.*) — 4. A genoux sur les rochers, il élève ses mains à Dieu (*Florian*). — 5. La première chose qui me frappe est le choix que Dieu a fait de la couleur générale (*Duguet et d'Afeld*).

6. Du triste état des Juifs jour et nuit agité
   Il me tira du sein de mon obscurité.   (*Racine.*)
7. De nos cris douloureux la plaine retentit.   (*Id.*)
8. Bientôt se ranima la discorde civile.   (*Andrieux.*)

32ᵉ EXERCICE.

1. Le néant jusqu'à lui s'élève par degré. (*Lamartine.*)
2. Du départ général le grand jour est réglé. (*L. Racine.*)
3. Là s'anéantiront ces titres magnifiques. (*J.-B. Rousseau.*)
4. Sur les ailes du Temps la Tristesse s'envole. (*La Fontaine.*)
5. . . . . . Où sont les saints concerts?
   D'où s'élèvera l'hymne au Roi de l'Univers? (*Lamartine.*)
6. Des chantres désormais la brigade timide
   S'écarte.   (*Boileau.*)
7. Des plus braves soldats les trames sont coupées. (*Corneille.*)
8. Aux petits des oiseaux il donne leur pature,
   Et sa bonté s'étend sur toute la nature.   (*Racine.*)

9ᵉ LEÇON.

SUITE DES FIGURES DE CONSTRUCTION.

II. Ellipse.

62. — L'*ellipse* est le retranchement d'une ou de plusieurs parties de la proposition.

63. — Non-seulement, comme nous l'avons vu (parag. 4 et 6), il peut y avoir ellipse du sujet ou de l'attribut, mais aussi du verbe *être* lui-même ou d'un verbe attributif. Quelquefois même le jugement n'est énoncé que par un complément, de sorte que les trois parties essentielles de la proposition, sujet, verbe et attribut, restent sous-entendues. Enfin une proposition tout entière peut être sous-entendue devant une autre. Voici quelques exemples des ellipses les plus fréquentes :

1° Ellipse du sujet. — *O Grecs ! aimez et observez la religion* (Fénelon). — *O Grecs !* nom employé par apostrophe; *vous,* sujet sous-entendu, simple; *soyez,* verbe; *aimant et observant,* attribut multiple et complexe; *la religion,* complément direct.

Je plie et ne romps pas. (*La Fontaine.*)

Je, sujet simple et incomplexe; *suis,* verbe; *pliant,* attribut simple. — *Je,* sujet sous-entendu, simple; *suis,* verbe; *ne rompant pas,* attribut simple.

2° Ellipse du verbe. — *Heureux celui qui, n'étant pas esclave d'autrui, n'a pas la folle ambition de faire d'autrui son esclave* (Fénelon); c'est-à-dire, *heureux est celui,* etc. — *Celui,* sujet simple et complexe, ayant pour complément déterminatif toute l'incidente qui vient à sa suite; *est,* verbe sous-entendu; *heureux,* attribut simple.

Quoi ! morts ! (Fénelon); c'est-à-dire, *quoi ! ils sont morts !* — *Quoi !* interjection; *ils,* sujet sous-entendu, simple; *sont,* verbe sous-entendu; *morts,* attribut simple.

3° Ellipse de l'attribut. — *La grotte de la déesse était sur*

le penchant d'une colline (Fénelon). — *La grotte,* sujet simple et complexe; *de la déesse,* complément déterminatif; *était,*
verbe; *située,* attribut implicitement compris dans le verbe,
simple et complexe; *sur le penchant d'une colline,* complément circonstanciel exprimant le lieu, la situation.

Il est à Rome. — *Il,* sujet simple; *est,* verbe; *résidant* ou
demeurant actuellement, attribut renfermé dans le verbe,
simple et complexe; *à Rome,* complément circonstanciel exprimant le lieu, la résidence.

4° **Ellipse d'un verbe attributif.** — *Le feu sortait de ses
yeux et l'écume de sa bouche* (Fénelon); c'est-à-dire *et l'é-
cume sortait de sa bouche.* — *Le feu,* sujet simple; *était,*
verbe; *sortant,* attribut simple et complexe; *de ses yeux,*
complément indirect. — *L'écume,* sujet simple; *était,* verbe
sous-entendu; *sortant,* attribut sous-entendu, simple et complexe; *de sa bouche,* complément indirect.

5° **Ellipse du sujet, du verbe et de l'attribut.** — *Quand
partez-vous?* — *Demain;* c'est-à-dire *je pars demain.* — *Je,*
sujet sous-entendu, simple; *suis,* verbe sous-entendu; *par-
tant,* attribut sous-entendu, simple et complexe; *demain,*
complément circonstanciel.

Que vous a-t-il dit? — *Rien;* c'est-à-dire *il ne m'a* rien
dit. — *Il,* sujet sous-entendu, simple; *a été,* verbe sous-entendu; *ne disant,* attribut sous-entendu, simple et complexe;
rien, complément direct; *me,* complément indirect sous-entendu.

6° **Proposition entière sous-entendue devant une autre.**
— Nous en avons vu un exemple au paragraphe 49, *remarque* II; cet hémistiche de Racine :

> Qu'on appelle mon fils,

est une proposition *subordonnée* qui se rattache à la proposition principale sous-entendue *j'ordonne.*

64. — REMARQUES. I. Quelquefois le verbe *être* est employé absolument dans le sens d'*exister* (Acad.); exemple : *Dieu est,* c'est-à-
dire *Dieu existe essentiellement.* (Voir 8 bis.) La proposition *Dieu
est,* devra s'analyser comme s'il y avait *Dieu existe: Dieu,* sujet simple; *est,* verbe; *existant,* attribut simple.

II. Quoique le verbe *être* ne soit pas employé d'une manière absolue dans cette phrase de Bernardin de Saint-Pierre : *L'un était dans la force de l'âge, et l'autre encore dans sa fleur*, on analysera cependant de la même manière, en rétablissant le verbe *était* qui est sous-entendu après le sujet *l'autre*. Cette proposition, en effet, exprime un certain état d'existence, l'attribut est donc *vivant* ou *existant*. Il n'en est pas de même lorsque je dis : *Je suis dans ma chambre, et toi tu es dans la tienne*; il s'agit ici non d'existence, mais de position, de présence en un lieu : l'attribut est donc *se trouvant*.

Exercices sur la 9ᵉ leçon.

33ᵉ EXERCICE.

1. Qui a vécu un seul jour a vécu un siècle (*La Bruyère*). — **2.** Leur front est serein, leur bouche riante (*Chateaubriand*). — **3.** Ce tableau est du Poussin (*Acad.*). — **4.** Les bords de l'Ilyssus retentirent du chant des oiseaux, et les échos du mont Hymette du son des chalumeaux (*Barthélemy*). — **5.** Quelquefois, sous ces moissons stériles, vous distinguez les traces d'une ancienne culture. Point d'oiseaux, point de laboureurs, point de mouvements champêtres, point de mugissements, point de villages (*Chateaubriand*).— **6.** Malheur aux peuples voisins de ces montagnes sourcilleuses (*Marmontel*).— **7.** De toute éternité Dieu est (*Bossuet*). — **8.** Il est dans sa vingtième année (*Acad.*).

Modèle d'analyse.

NOTA. Les mots sous-entendus sont entre crochets.

1. Qui a vécu un seul jour a vécu un siècle; *c'est-à-dire*, [celui] qui a vécu [pendant] un seul jour a vécu [pendant] un siècle. — Cette phrase renferme deux propositions; une principale, *celui a vécu pendant un siècle*, et une incidente déterminative, *qui a vécu pendant un seul jour*.

1° Celui a vécu pendant un siècle. *Propos. principale.* — Celui, *suj. simple et complexe ayant pour compl. déterm. l'incidente;* est, *verbe;* ayant vécu, *at. simple et complexe;* pendant un siècle, *compl. circonst.*

2° Qui a vécu pendant un seul jour. *Propos. incidente détermin.* — Qui, *suj. simple;* est, *verbe;* ayant vécu, *at. simple et complexe;* pendant un seul jour, *compl. circonst.*

2. Leur front est serein, leur bouche riante; *c'est-à-dire*, leur bouche [est] riante. — Cette phrase se compose de deux propos. principales juxta-posées.

1° Leur front est serein. *Propos. principale.*—Front, *suj. simple et complexe*; leur, *complém. déterm. du suj.* ; est, *verbe*; serein, *at. simple.*

2° Leur bouche est riante. *Propos. principale.* — Bouche, *suj. simple et complexe* ; leur, *complém. détermin. du suj.* ; est *verbe*; riante, *at. simple.*

3. Ce tableau est du Poussin ; *c'est-à-dire,* ce tableau est [l'œuvre] du Poussin. — Tableau, *suj. simple et complexe* ; ce, *complém. déterm. du suj.* ; est, *verbe*; l'œuvre, *at. simple et com-.plexe*; du Poussin, *complém. déterm. de l'attribut.*

4. Les bords de l'Ilyssus retentissent du chant des oiseaux, et les échos du mont Hymette, du chant des chalumeaux; *c'est-à-dire,* et les échos du mont Hymette [retentissent] du son des chalumeaux. — Cette phrase se compose de deux propos. principales coordonnées.

1° Les bords de l'Ilyssus retentissent du chant des oiseaux. *Propos. principale.* — Les bords, *suj. simple et complexe; de l'Ilyssus, complém. déterm. du sujet;* sont, *verbe;* retentissant, *at. simple et complexe ;* du chant des oiseaux, *complém. indirect.*

2° Et les échos du mont Hymette retentissent du son des chalumeaux. *Propos. principale.* — Les échos, *suj. simple et complexe :* du mont Hymette, *complém. déterm. du sujet;* sont, *verbe;* retentissant, *at. simple et complexe;* du son des chalumeaux, *complém. indirect.*

5. Quelquefois, sous ces moissons stériles, vous distinguez les traces d'une ancienne culture. Point d'oiseaux, point de laboureurs, point de mouvements champêtres, point de mugissements de troupeaux, point de villages ; *c'est-à-dire,* [on n'y voit] point d'oiseaux, [on n'y voit] point de laboureurs, etc. — Cette phrase renferme six propositions principales; les cinq dernières sont juxta-posées.

1° Quelquefois, sous ces moissons stériles, vous distinguez les traces d'une ancienne culture. *Propos. principale dans laquelle il y a inversion de deux compléments circonst. de l'attribut.* — Vous, *suj. simple ;* êtes, *verbe ;* distinguant, *at. simple et complexe ;* les traces d'une ancienne culture, *complém. direct;* quelquefois *et* sous ces moissons stériles, *complém. circonst.*

2° On n'y voit point d'oiseaux. *Propos. principale.* — On, *suj. simple;* est, *verbe ;* ne voyant, *at. simple et complexe;* point d'oiseaux, *complém. direct* (1); y (là), *complém. circonst.*

_____

(1) « *Beaucoup, peu, pas, point, rien,* etc., dit avec raison Dumarsais, ne sont point des adverbes, mais de véritables noms, du moins dans l'origine... Quoique *pas* et *point* servent à la négation, ils n'en sont pas moins de vrais substantifs. Nos pères, pour exprimer le sens négatif, se servirent d'abord, comme en latin, de la simple négative *ne* : Dans la suite, pour donner plus d'énergie à la négation, on y ajouta quelqu'un des mots qui ne marquent que de petits objets, tels que *grain, goutte, mie, bien, pas* (un pas) et *point* (un point). » — On voit pourquoi le nom qui vient après *point, pas* etc., est précédé d'une préposition, et comment ce nom n'est pas à lui seul complément ou sujet.

3° On n'y voit point de laboureurs. — 4° On n'y voit point de mouvements champêtres. — 5° On n'y entend point de mugissements. — 6° On n'y voit point de villages. — (L'analyse de ces quatre propositions principales se fait de la même manière que la proposition *on n'y voit point d'oiseaux.*)

6. Malheur aux peuples voisins de ces montagnes sourcilleuses; *c'est-à-dire,* [j'annonce *ou* je prédis] malheur aux peuples voisins de ces montagnes sourcilleuses. *Propos. principale.* — Je, *suj. simple;* suis, *verbe;* annonçant *ou* prédisant, *at. simple et complexe;* malheur, *complém. direct;* aux peuples voisins de ces montagnes sourcilleuses, *complém. indirect.*

7. De toute éternité Dieu est. *Inversion du complém. circonst. :* Dieu est de toute éternité. *Propos. principale.* — Dieu, *suj. simple;* est, *verbe;* existant, *at. simple et complexe;* de toute éternité, *complém. circonst.*

8. Il est dans sa vingtième année. *Propos. principale.* — Il, *suj. simple et incompl. ;* est, *verbe;* se trouvant, *attribut simple et complexe ;* dans sa vingtième année, *complém. circonst.*

34ᵉ EXERCICE.

1. Renvoie-moi à mon père (*Fénelon*). — 2. Vous y serez, ma fille (*Racine*). — 3. Heureux celui qui ne connaît rien au-delà de son horizon (*B. de Saint-Pierre*). — 4. Malheur au magistrat qui trahit la justice! Mais malheur aussi à celui qui l'abandonne, parce qu'il ne la connaît pas! (*d'Aguesseau.*) — 5. Pourquoi m'enlever? (*Fénelon.*) — 6. Il n'est plus (*Acad.*). — 7. Notre mérite nous attire la louange des honnêtes gens, et notre étoile celle du public (*La Rochefoucauld*). — 8. Vous n'étiez pas encore au monde lorsque cet événement arriva (*Acad.*).

35ᵉ EXERCICE.

1. Le premier commandement de la religion est d'aimer Dieu (*B. de Saint-Pierre*). — 2. Les hirondelles font deux pontes par an, la première d'environ cinq œufs, la seconde de trois (*Guéneau de Montbeillard*). — 3. Vous étiez avec moi lorsqu'il m'a dit cela (*Acad.*). — 4. Tout le peuple suivit Virginie, les uns par curiosité, les autres par considération pour Icilius (*Vertot*). — 5. Vous êtes en pays d'amis (*Châteaubriand*). —

6. Nul bien sans mal, nul plaisir sans mélange. (*La Fontaine.*)

7. Les Dieux et l'empereur sont plus que ma famille.

(*Corneille.*)

8. *Athalie.* Où dit-on que le sort vous a fait rencontrer?

Joas. Parmi des loups cruels prêts à me dévorer.

(*Racine.*)

36ᵉ EXERCICE.

1. Vos amis sont dans le jardin. — 2. L'Afrique est occupée par les Vandales, l'Espagne par les Visigoths, la Gaule par les Francs (*Bossuet*). —

3. Périsse le Troyen auteur de nos alarmes! (*Racine.*)

4. Quels témoins éclatants devant moi rassemblés! (*L. Racine.*)

5. On a toujours raison, le destin toujours tort. (*La Fontaine.*)

6. Qui chérit son erreur ne veut point la connaître. (*Corneille.*)

7. *Julie.* Que vouliez-vous qu'il fît contre trois?

Le vieil Horace. Qu'il mourût. (*Id*).

8. *Athalie.* Que vous dit cette loi?

Joas. Que Dieu veut être aimé. (*Racine.*)

10ᵉ LEÇON.

SUITE DES FIGURES DE CONSTRUCTION.

Observations importantes sur certaines ellipses (1).

65. — Il y a ellipse du verbe et de l'attribut, quelquefois même de toutes les parties essentielles de la proposition après les expressions conjonctives *comme, ainsi que, de même que,* commençant une incise. Exemples :

L'éléphant, comme le castor, *aime la société de ses semblables* (Buffon) ; c'est-à-dire, l'éléphant aime la société de ses semblables comme le castor *aime celle des siens.*

Je lui ai dit, comme à vous, *tout ce que j'en pensais* (Acad.) ; c'est-à-dire, comme *je l'ai dit* à vous.

(1) L'utilité de ces observations se fera sentir dans l'étude de la syntaxe du verbe.

L'homme, ainsi que la vigne, *a besoin de support*

(Dufresnel) ;

c'est-à-dire, l'homme a besoin de support, ainsi que la vigne, de la même manière que la vigne *en a besoin.*

J'ai cru, de même que vous, *que cela était vrai* (Acad.) ; c'est-à-dire, j'ai cru que cela était vrai, de même que vous *l'avez cru.*

Dans ce cas la proposition commençant par *comme, ainsi que, de même que,* est une proposition subordonnée servant de complément circonstanciel à l'attribut de la proposition principale.

66. — Mais si la partie de la phrase commençant par l'une de ces expressions conjonctives ne forme pas une incise, il ne faudra pas la considérer comme une proposition elliptique subordonnée. Exemples :

Je regarde cela comme *une chose non avenue* (Acad.) ; c'est-à-dire, comme *étant une chose non avenue,* complément circonstanciel exprimant la manière dont je regarde cela, le point de vue sous lequel je le considère.

On doit regarder la mort comme *la fin des maux;* c'est-à-dire, comme *étant la fin des maux.*

La vérité ainsi que *la reconnaissance m'obligent à dire que,* etc. (*B. de Saint-Pierre*); c'est-à-dire, la vérité *et* la reconnaissance m'obligent à dire. On voit que dans ce cas la locution conjonctive *ainsi que* a le sens et la fonction de la conjonction *et.*

Les Romains attaquèrent les Carthaginois ainsi que *leurs alliés ;* c'est-à-dire, attaquèrent les Carthaginois *et* leurs alliés.

67. — A la suite des expressions *aussi, si, plus, mieux, moins,* formant comparaison, et des comparatifs *meilleur, pire, moindre,* le second terme de la comparaison est réellement sujet d'une proposition elliptique; exemple : *Il est* aussi *à plaindre que* vous (Acad); c'est-à-dire, que vous *êtes à plaindre.* Quoique ce mode d'analyse soit le plus vrai, cependant il n'est pas nécessaire d'en pousser si loin la rigueur, et l'on pourra simplement indiquer, comme formant un com-

plément circonstanciel, ce second terme précédé de l'adverbe de comparaison. Ainsi la phrase ci-dessus s'analysera de cette manière : *Il,* sujet simple; *est,* verbe; *à plaindre,* attribut simple et complexe; *aussi* (pour *autant*) *que vous,* complément circonstanciel.

On analysera de la même manière les phrases suivantes :

Il est plus *content qu'*un roi (*Acad.*). — Il est content plus qu'un roi : *plus qu'un roi,* complément circonstanciel.

> *Rien n'est* si *dangereux qu'*un ignorant ami
>
> (*La Fontaine*);

c'est-à-dire, rien n'est dangereux si (*autant*) qu'un ignorant ami : *si autant qu'un ignorant ami,* complément circonstanciel.

L'estime vaut mieux *que la* célébrité (*Acad.*). — *Mieux que la célébrité,* complément circonstanciel.

La vertu est meilleure *que* la science. — C'est-à-dire, la vertu est bonne plus que la science : *plus que la science,* complément circonstanciel. Ou bien, sans décomposer le comparatif *meilleure : la vertu,* sujet, etc.; *est,* verbe; *meilleure,* attribut simple et complexe; *que la science,* complément déterminatif de l'attribut *meilleure.*

68. — Les expressions composées *l'un l'autre, l'un à l'autre, l'un et l'autre,* etc., placées à la suite d'une proposition, supposent l'ellipse du verbe et de l'attribut. *Ils se gâtent l'un l'autre* (Acad.); c'est-à-dire, ils *gâtent* soi, l'un *gâte* l'autre. On rétablira donc l'ellipse du verbe attributif.

69. — Lorsque dans un sujet multiple les sujets particuliers sont unis par l'une des conjonctions *ou* et *ni,* et que la manière d'être est affirmée de l'un d'eux à l'exclusion de l'autre, comme dans ces phrases : *Cicéron* ou *Démosthène a dit cela;* Ni *Pierre* ni *Paul ne sera nommé juge de paix du canton,* il y a réellement ellipse du verbe et de l'attribut, et l'on devra rétablir cette ellipse : Cicéron *a dit cela,* ou Démosthène a dit cela; Ni Pierre *ne sera nommé juge de paix du canton,* ni Paul ne sera nommé, etc.

On voit que dans ce cas le verbe est au singulier.

70. — Mais si la manière d'être est affirmée de tous les sujets particuliers, sans qu'il y ait alternative ni exclusion nécessaire, le verbe sera au pluriel; et dans ce cas, sans chercher à remplir une ellipse, on dira que le sujet est multiple. Exemple : *La peur* ou *la misère* ont *fait commettre bien des fautes* (Acad.); c'est-à-dire, ces deux choses ont fait commettre, etc. — *La peur ou la misère*, sujet multiple ; *ont été*, verbe; *faisant commettre*, attribut, etc.

Ni l'or ni la grandeur ne nous rendent heureux.

(La Fontaine.)

Ni l'or ni la grandeur, sujet multiple, etc.

71. — Si les sujets particuliers sont à peu près synonymes, il n'y a réellement qu'un sujet simple; le second étant alors une répétition ou plutôt une correction du premier. Exemple: *La douceur, la bonté du grand Henri a été célébrée de mille louanges* (Pélisson); le sens est *la douceur*, je veux dire *la bonté du grand Henri*, etc. On dira donc dans l'analyse : *la douceur*, par correction d'expression *la bonté*, sujet simple, etc.

72. — Lorsque les sujets particuliers forment une gradation, ou quand l'énumération de ces sujets particuliers est résumée par un seul mot, tel que *chacun, aucun, nul, tout, rien*, etc., il y a réellement autant de propositions que de sujets. Mais on se dispensera de remplir les ellipses; on désignera le sujet multiple, et l'on ajoutera qu'il est résumé par le dernier sujet qui est l'expression dominante. Exemples :

1° Sujets formant gradation : *Votre intérêt, votre honneur, Dieu vous commande ce sacrifice. — Votre intérêt, votre honneur, Dieu*, sujet multiple, résumé par l'expression dominante *Dieu*.

Facteurs, associés, chacun lui fut fidèle. *(La Fontaine.)*

Facteurs, associés, sujet multiple, résumé par l'expression dominante *chacun*.

Exercices sur la 10ᵉ leçon.

37ᵉ EXERCICE.

1. La force de l'âme, comme celle du corps, est le fruit de la tempérance (*Marmontel*). — 2. Ici des coteaux s'élèvent comme un amphithéâtre (*Fénelon*). — 3. Il travaille plus que personne (*Acad.*). — 4. La crainte du mal est quelquefois pire que le mal même (*id.*). — 5. Tout le monde se confiait l'un à l'autre cette nouvelle (*Rulhière*). — 6. Mon oncle ou mon frère sera nommé à l'ambassade de Vienne (*Marmontel*). — 7. Ni l'un ni l'autre n'est mon père (*id.*). — 8. Elle voit que le bonheur ou la témérité peuvent former des conquérants (*Massillon*). — 9. Son courage, son intrépidité étonne les plus braves (*Domergue*). — 10. La salle des sénateurs, celle des nonces, tout le château fut rempli de leurs soldats (*Rulhière*).

Modèle d'analyse.

1. La force de l'âme, comme celle du corps, est le fruit de la tempérance ; *c'est-à-dire,* la force de l'âme est le fruit de la tempérance, comme celle du corps [est le fruit de la tempérance].—Cette phrase renferme une proposition principale, *la force de l'âme est le fruit de la tempérance,* et une propos. subordonnée, *comme celle du corps est le fruit de la tempérance.*

1° La force de l'âme est le fruit de la tempérance. *Propos. principale.* — La force, *suj. simple et complexe ;* de l'âme, *complém. déterm. du sujet ;* est, *verbe ;* le fruit, *at. simple et compl. ;* de la tempérance, *compl. déterm. de fruit.*

2° Comme celle du corps est le fruit de la tempérance. *Propos. subordonnée formant un complém. circonst. de la principale.* — Celle, *suj. simple et complexe ;* du corps, *complém. déterm. du suj.;* est, *verbe ;* le fruit de la tempérance, *at. simple et compl. ;* de la tempérance, *complém. déterm. de fruit.*

2. Ici des coteaux s'élèvent comme un amphithéâtre. *Propos. principale.* — Des coteaux, *suj. simple* (1); sont, *verbe ;* élevant, *at. simple et complexe ;* se, *complém. direct ;* ici, *complém. circonst.* (2) ; comme un amphithéâtre, *autre complém. circonst.*

---

(1) Le sens est partitif : *Certain nombre des* (de les) *coteaux ;* le véritable sujet *certain nombre* reste dans l'esprit. Cependant il est inutile de rétablir l'ellipse lorsque le nom pris dans un sens partitif est sujet ; mais, comme nous l'avons dit dans la 5ᵉ leçon, il convient de le faire toutes les fois que le nom pris dans un sens partitif entre dans la phrase comme complément direct.

(2) Dorénavant nous nous contenterons de rétablir dans l'analyse l'ordre direct de la proposition, sans indiquer les inversions.

3. Il travaille plus que personne. *Propos. principale.* — Il, *suj. simple;* est, *verbe;* travaillant, *at. simple et complexe;* plus que personne, *complém. circonst.*

4. La crainte du mal est quelquefois pire que le mal même. *Propos. principale.* — La crainte, *suj. simple et complexe;* du mal, *complém. déterm. du sujet;* est, *verbe;* pire, *at. simple et complexe;* quelquefois, *complém. circonst.;* que le mal même, *complém. détermin.*

5. Tout le monde se confiait l'un à l'autre cette nouvelle. *Propos. principale.* — 1° Le monde, *suj. simple et complexe;* tout, *complém. du suj.;* était, *verbe;* confiant, *at. simple et complexe;* se, *complém. indir.;* cette nouvelle, *complém. direct.* 2° L'un confiait à l'autre. *Propos. principale.* — L'un, *suj. simple et incompl.;* était, *verbe;* confiant, *attr. simple et complexe;* à l'autre, *complém. indirect.*

6. Mon oncle ou mon frère sera nommé à l'ambassade de Vienne; *c'est-à-dire,* mon oncle sera nommé à l'ambassade de Vienne ou mon frère [y sera nommé]. — Cette phrase se compose de deux propositions principales coordonnées.

1° Mon oncle sera nommé à l'ambassade de Vienne. *Propos. principale.* — Oncle, *suj. simple et complexe;* mon, *complém. déterm.;* sera, *verbe;* nommé, *at. simple et complexe;* à l'ambassade de Vienne, *complém. indirect.*

2° Ou mon frère y sera nommé. *Propos. principale.* — Frère, *suj. simple et complexe;* mon, *complém. déterm.;* sera, *verbe;* nommé, *at. simple et complexe;* y (à cela), *complém. indirect.*

7. Ni l'un ni l'autre n'est mon père; *c'est-à-dire,* ni l'un n'est mon père, ni l'autre [n'est mon père]. — Cette phrase se compose de deux propositions principales juxta-posées.

1° Ni l'un n'est mon père. *Propos. principale.* — L'un, *suj. simple;* est, *verbe;* non mon père, *at. simple.*

2° Ni l'autre n'est mon père. *Propos. principale.* (Même analyse.)

8. Elle voit que le bonheur et la témérité peuvent former des conquérants. — Cette phrase renferme une proposition principale, *elle voit,* et une propos. subordonnée, *que le bonheur ou la témérité peuvent former des conquérants.*

1° Elle voit. *Propos. principale.* — Elle, *suj. simple;* est, *verbe;* voyant, *at. simple et complexe,* ayant pour complément direct la *propos. subordonnée.*

2° Que le bonheur ou la témérité peuvent former des conquérants. *Propos. subordonnée.* — Le bonheur ou la témérité, *suj. multiple;* sont, *verbe;* pouvant former, *at. simple et complexe;* [certain nombre] des (de les) conquérants, *complém. direct.*

9. Son courage, son intrépidité étonne les plus braves. *Propos. principale.* — Courage, *par correction d'expression* intrépidité, *suj. simple et complexe;* son, *complém. déterm.;* est, *verbe;* étonnant, *at. simple et complexe;* les plus braves, *complém. direct.*

10. La salle des sénateurs, celle des nonces, tout le château fut rempli de leurs soldats. *Propos. principale.* — La salle des séna-

teurs, celle des nonces, *suj. multiple, résumé par l'expression dominante* tout le château *(ce dernier sujet a pour complément le mot* tout) ; fut, *verbe ;* rempli, *at. simple et complexe ;* de leurs soldats, *complém. indirect.*

38ᵉ EXERCICE.

1. Les hommes regardent la mort comme le dernier des malheurs (*Massillon*). — 2. L'âme, comme le corps, ne se développe que par l'exercice (*B. de Saint-Pierre*). — 3. Le pied du cerf est mieux fait que celui de la biche (*Buffon*). — 4. Les citoyens se fuyaient l'un l'autre (*Sismondi*). — 5. Supposons que la guerre, la maladie, ou la vieillesse m'eût privé de la vue (*Marmontel*). — 6. L'ignorance ou l'erreur peuvent quelquefois servir d'excuse aux méchants (*B. de Saint-Pierre*). — 7. Chaque pays, chaque température a ses plantes particulières (*Buffon*). — 8. Les cieux, la terre, les astres, les plantes, les animaux, nos corps, nos esprits, tout marque un ordre, une mesure précise, un art, une sagesse, un esprit supérieur à nous (*Fénélon*).

39ᵉ EXERCICE.

1. Vous passerez l'un après l'autre (*Acad.*). — 2. Le vrai malheur est aussi rare que le vrai bonheur *(de Ségur).* — 3. Le jaguar ainsi que le couguar habitent les contrées les plus chaudes de l'Amérique méridionale (*Buffon*). — 4. Ni l'amour du gain ni le désir de la célébrité n'animèrent les travaux d'Hippocrate (*Barthélemy*).—5. Son aménité, sa douceur est connue de tout le monde (*Domergue*). — 6. Si l'amour de la retraite ou la philosophie vous porte dans cette solitude, vous y trouverez un asile plus doux à habiter que le palais des rois (*B. de Saint-Pierre*). — 7. Cette somme est moindre que l'autre (*Acad.*). — 8. Le ciel, tout l'univers est plein de mes aïeux (*Racine*).

40ᵉ EXERCICE.

1. L'épaisse et grande crinière qui couvre les épaules et ombrage la face du lion, son regard assuré, sa démarche

grave, tout semble annoncer sa fière et majestueuse intrépidité (*Buffon*). — 2. Il se sont battus l'un contre l'autre.

3. Ma gloire vous sera moins chère que ma vie ! (*Racine.*)

4. Ulysse ni Calchas n'ont point encore parlé. (*Id.*)

5. Vous me fuyez en vain ; le zèle qui me presse,
   Ainsi que vos remords, vous poursuivra sans cesse.
   (*Marmontel.*)

6. J'aurai de vous ma grâce, ou la mort de ma main ;
   Choisissez ; l'un ou l'autre achèvera ma peine. (*Corneille.*)

7. Vous n'êtes point à vous ; le temps, les biens, la vie,
   Rien ne vous appartient, tout est à la patrie. (*Gresset.*)

8. Ce ciel éblouissant, ce dôme lumineux
   Laisse échapper vers moi du centre de ses feux,
   Un rayon précieux de la gloire suprême. (*Colardeau.*)

11ᵉ LEÇON.

SUITE DES FIGURES DE CONSTRUCTION.

III. — Pléonasme.

73. — « Le *pléonasme* consiste dans l'emploi de mots qui
sont inutiles pour le sens, mais qui peuvent donner à la phrase
plus de grâce ou plus de force. » (*Acad.*). Exemples :

Eh ! que m'a fait, *à moi*, cette Troie où je cours ! (*Racine.*)
Mais enfin, je l'ai vu, *vu de mes yeux*, vous dis-je.
(*La Fontaine.*)

Les mots *à moi* et *vu de mes yeux* forment des pléonasmes
dans ces deux vers : ils ne sont pas nécessaires au sens, et
l'on pourrait les retrancher ; mais alors l'expression perdrait
toute son énergie. C'est aussi pour donner plus de force à
l'expression que l'on dit : *Je l'ai entendu* de mes propres
oreilles. *Il lui appartient bien, à lui, de parler ainsi.*

Dans l'analyse on devra signaler les mots formant pléonasme, et on en indiquera la fonction. Ainsi, dans le vers ci-des-

sus de Racine, on dira : *A moi*, pléonasme, répétition du complément indirect.

74. — REMARQUES. I. Les pronoms personnels *nous*, *vous*, forment pléonasme lorsqu'ils résument des sujets particuliers de différentes personnes, comme dans ces phrases : *Pénélope et moi,*
nous *avons perdu l'espoir de le revoir* (Fénelon) ; *Vous et votre*
frère, vous *lisez*.

II. Les pronoms personnels *moi, toi, nous, vous*, rappelant l'idée
du sujet ou du complément, font aussi pléonasme dans ces phrases :
Je l'ai reçu moi-même ; *Je te l'ai dit* à toi-même ; *Vous avez fait*
vous-même *votre malheur*.

Mais ces pronoms ne font point pléonasme lorsqu'ils signifient
pour moi ou *quant à moi, à toi, à nous, à vous*, comme dans Moi
je partis, et toi, tu restas ; Nous, nous donnerons des vêtements à
ces pauvres gens ; et vous, ne ferez-vous rien pour eux ? Ce cas est
à peu près analogue à celui où les noms sont employés au vocatif
ou par apostrophe (4. *Remarque* III) ; les pronoms *moi, nous*, etc.,
appellent l'attention sur les personnes qu'ils désignent, et les mettent pour ainsi dire en relief.

Dans les vers suivants, le pronom *moi* est employé à peu près de
la même manière, ou plutôt par exclamation.

> Et *moi*, qui l'amenai triomphante, adorée,
> Je m'en retournerai seule et désespérée. (RACINE.)
> *Moi*, des bienfaits de Dieu je perdrais la mémoire ! (*Id.*)

III. Quelquefois les pronoms personnels sont surabondants sans
qu'il y ait pléonasme ; par exemple dans ces phrases : *Prenez*-moi
ce flambeau (Acad.) ; *Je vous le traiterai comme il le mérite* (id.).
Ici les mots *moi* et *vous* ne sont aucunement nécessaires au sens de
la phrase ; ils ne font pas néanmoins pléonasme, puisqu'ils n'expriment point une idée déjà exprimée. L'emploi de ces mots, que dans
ce cas on appelle *explétifs*, peut s'expliquer par une ellipse de cette
manière : *Prenez*, croyez-*moi, ce flambeau ; Je vous* assure que je
le traiterai comme il le mérite. Mais dans l'analyse, il suffira de dire
que ces pronoms sont des mots explétifs.

IV. — Syllepse.

75. — La *syllepse* consiste à mettre les mots en rapport,
non avec d'autres mots suivant les règles de la grammaire,
mais avec la pensée elle-même.

Bossuet a dit : *Quand* le peuple hébreu *entra dans la Terre*
promise, tout y célébrait leurs *ancêtres.* L'adjectif possessif
leurs ne s'emploie d'ordinaire qu'avec relation à un nom du
pluriel, et il est ici relatif au nom *peuple*, qui est au singulier ; d'après la grammaire il faudrait donc dire *tout y célé-*

brait ses *ancêtres*. Mais le nom collectif *peuple* éveille une idée de pluralité; le *peuple hébreu* ce sont *les Juifs, les Hébreux,* et cette idée, qui est dans l'esprit de Bossuet, amène l'emploi de *leurs* au lieu de *ses* qu'exigerait la grammaire : c'est là une syllepse.

76. — La phrase de Bossuet renferme une syllepse de *nombre ;* on trouve aussi, mais plus rarement, des syllepses de *genre,* comme dans cette phrase de La Bruyère : *Les* personnes *d'esprit ont en* eux *les semences de tous les sentiments,* au lieu de *ont en elles.*

77. — C'est encore par syllepse que l'on dit : *Une foule de gens vous* diront *qu'il n'en est rien* (Acad.). La première proposition, qui est principale, devra s'analyser ainsi: *Une foule,* sujet simple et complexe ; *de gens,* complément déterminant le sens du sujet; *diront,* verbe attributif s'accordant par syllepse avec le complément du sujet; *seront,* verbe ; *disant,* attribut simple et complexe; *vous,* pour *à vous,* complément indirect ; *qu'il n'en est rien,* proposition subordonnée formant le complément direct de l'attribut *disant.*

Exercices sur la 11ᵉ leçon.

41ᵉ EXERCICE.

1. Venise, la triste, la déplorable Venise, se présentait partout devant ses yeux (*Saint-Réal*). — 2. Lui ou moi, nous serons peut-être un jour assez heureux pour vous rendre service (*Marmontel*). — 3. Vous en allez juger vous-même tout-à-l'heure (*Boileau*). — 4. Une multitude d'animaux, placés dans ces belles retraites par la main du Créateur, y répandent l'enchantement et la vie (*Chateaubriand*). — 5. Et moi, je suis victorieux d'un ennemi qui m'a outragé (*Fénelon*). — 6. Le petit nombre n'envisageaient que leur propre intérêt (*Rollin*). — 7. Je vous récompenserai vous et votre frère (*Fénelon*).

8. Afin qu'il fût plus frais et de meilleur débit,
On lui lia les pieds, on vous le suspendit. (*La Fontaine.*)

Modèle d'analyse.

1. Venise, la triste, la déplorable Venise, se présentait partout devant ses yeux. *Propos. principale.* — Venise, la triste, la déplorable Venise, *suj. simple renfermant un pléonasme, et complexe*; triste *et* déplorable, *compléments du sujet ;* était, *verbe ;* présentant, *at. simple et complexe ;* se, *complém. direct ;* partout *et* devant ses yeux, *compléments circonst.*

2. Lui ou moi, nous serons peut-être un jour assez heureux pour vous rendre service. *Propos. principale.* — Lui ou moi, *sujet multiple résumé par le mot* nous, *qui forme un pléonasme et figure comme sujet réel ;* serons, *verbe ;* heureux, *at. simple et complexe ;* peut-être, *un jour et* assez *pour vous rendre service , compléments circonst.*

3. Vous en allez juger vous-même tout-à-l'heure. *Propos. principale.* — Vous, *sujet simple ;* vous-même, *répétition du sujet* (pléonasme) ; êtes, *verbe ;* allant juger, *at. simple et complexe ;* en (de cela), *complém. indirect ;* tout-à-l'heure, *complém. circonst.*

4. Une multitude d'animaux, placés dans ces belles retraites par la main du Créateur, y répandent l'enchantement et la vie. *Propos. principale.* — Une multitude, *suj. simple et complexe ;* d'animaux, placés dans ces belles retraites par la main du Créateur, *complém. déterm. du suj.* multitude ; sont, *verbe, s'accordant par syllepse avec le complém. du sujet ;* répandant, *at. simple et complexe ;* y (là), *complém. circonst. ;* l'enchantement et la vie, *complém. direct.*

5. Et moi, je suis victorieux d'un ennemi qui m'a outragé. — Cette phrase renferme deux propositions : une principale, *et moi, je suis victorieux d'un ennemi ;* une incidente déterminative, *qui m'a outragé.*

1° Et moi, je suis victorieux d'un ennemi. *Propos. principale.* — Et moi : *c'est-à-dire* et pour moi, et quant à moi, *mots employés pour appeler l'attention sur le sujet ;* je, *suj. simple ;* suis, *verbe ;* victorieux d'un ennemi, *at. simple et complexe, ayant pour complément déterm. l'incidente.*

2° Qui m'a outragé. *Propos. incidente déterm.* — Qui, *suj. simple ;* est, *verbe ;* ayant outragé, *at. simple et complexe ;* me, *complém. direct.*

6. Le petit nombre n'envisageaient que leur propre intérêt ; *c'est-à-dire,* le petit nombre [d'entre eux] n'envisageaient [rien autre chose] que leur propre intérêt. *Propos. principale.* — Le petit nombre, *suj. simple et complexe ;* d'entre eux, *complém. détermin. du suj. ;* étaient, *verbe, s'accordant par syllepse avec le complém. déterm. du*

sujet ; n'envisageant, *at. simple et complexe* ; rien autre chose que
leur propre intérêt, *complém. direct*.

7. Je vous récompenserai vous et votre frère. *Propos. principale.*
— Je, *suj. simple* ; serai, *verbe* ; récompensant, *at. simple et complexe* ; vous, *complém. direct* ; vous et votre frère, *mots employés
pour rappeler l'idée du complém. direct et formant pléonasme*.

8. Afin qu'il fût plus frais et de meilleur débit ,
   On lui lia les pieds, on vous le suspendit.

Cette phrase se compose de deux propositions principales juxta-posées : *On lui lia les pieds*, et *on vous le suspendit*, et d'une proposition subordonnée, *Afin qu'il fût plus frais et de meilleur débit*.

1° On lui lia les pieds. *Propos. principale.* — On, *suj. simple ;*
fut, *verbe* ; liant, *at. simple et complexe* ; lui, *complém. indirect* ; les
pieds, *complém. direct*.

2° On vous le suspendit. *Propos. principale.* — On, *suj. simple ;*
vous, *mot explétif* ; fut, *verbe* ; suspendant, *at. simple et complexe* ;
le, *complém. direct*.

3° Afin qu'il fût plus frais et de meilleur débit. *Propos. subordonnée.* — Il, *suj. simple et incompl.* ; fût, *verbe* ; plus frais et de
meilleur débit, *at. multiple.*

42ᵉ EXERCICE.

1. Comme elle allait à l'âme cette invocation du pauvre ma-
telot à la Mère de douleur ! (*Châteaubriand.*) — 2. Mélésich-
thon labourait lui-même son champ (*Fénelon*). — 3. Une
troupe de nymphes couronnées de fleurs nageaient en foule
derrière le char (*Fénelon*). — 4. L'impie demande : Pourquoi
Dieu est-il ? Je lui réponds : Pourquoi Dieu ne serait-il pas ?
(*Bossuet.*) — 5. Un grand nombre de ces malheureux que tu
associes à tes crimes s'y sont rendus en même temps (*La
Harpe*). — 6. Louis XII, le bon roi Louis XII, mérita le glo-
rieux surnom de Père du peuple (*Girault-Duvivier*).

7. Moi, je vais vous porter ; vous, vous serez mon guide.

(Florian.)

8. Prends ton pic et me romps ce caillou qui te nuit.

(La Fontaine.)

43ᵉ EXERCICE.

1. La plupart des hommes ont, comme les plantes, des
propriétés cachées, que le hasard fait découvrir (*La Roche-*

foucauld.) — 2. L'humeur est-elle donc le privilége des grands pour être l'excuse de leurs vices? (*Massillon.*) — 3. Vous et celui qui vous mène, vous périrez (*Fénelon*). — 4. Les hommes semblent être nés pour l'infortune, la douleur et la pauvreté; peu en échappent (*La Bruyère*).

5. Moi, que j'ose opprimer et noircir l'innocence! (*Racine.*)

6. Un roi sage, ainsi Dieu l'a prononcé lui-même,
Sur la richesse et l'or ne met point son appui. (*Id.*)

7. Dieu laissa-t-il jamais ses enfants au besoin? (*Id.*)

8. Prends-moi le bon parti, laisse là tous tes livres. (*Boileau.*)

44ᵉ EXERCICE.

1. Le reste pour son Dieu montre un oubli fatal
Et blasphème le Dieu qu'ont invoqué leurs pères. (*Racine.*)

2. Je l'ai vu, dis-je, vu, de mes propres yeux vu. (*Molière.*)

3. Enfin la foule entière, oppresseurs ou victimes,
N'ont à délibérer que sur le choix des crimes. (*Raymond.*)

4. Moi, je m'arrêterais à de vaines menaces! (*Racine.*)

5. La mort est-elle un mal? la vie est-elle un bien?
(*Crébillon.*)

6. La plupart, emportés d'une fougue insensée,
Toujours loin du droit sens vont chercher leur pensée.
(*Boileau.*)

7. Le père mort, les fils vous retournent le champ,
Deçà, delà, partout. (*La Fontaine.*)

8. . . . . Avant l'affaire
Le roi, l'âne, ou moi, nous mourrons. (*Id.*)

12ᵉ LEÇON.

DES GALLICISMES.

78. — On appelle *gallicismes* certaines locutions particulières à la langue française, et qui peuvent s'expliquer par l'inversion, l'ellipse, le pléonasme ou la syllepse.

Le verbe impersonnel est le plus fréquent des gallicismes;

les autres sont formés surtout par l'emploi du pronom *ce* avec le verbe *être*, par la conjonction *que*, etc.

79. — VERBES IMPERSONNELS. — Nous avons vu dans la grammaire que le pronom *il* n'est que le sujet apparent des verbes impersonnels, et que le véritable sujet, le sujet logique, est ordinairement exprimé après ou avant le verbe. Soit donc la phrase *Il est temps de partir*; on analysera de cette manière : Il (ceci) (1) *savoir* temps de partir, est. — Il, *sujet grammatical ou apparent;* temps de partir, *sujet logique, simple et complexe, à cause du complém. déterm.* de partir; est, *verbe;* existant, *at. simple, implicitement renfermé dans le verbe* est.

Il est arrivé de grands malheurs. — Il (ceci) *savoir* de grands malheurs, est arrivé. — Il, *sujet grammatical;* de grands malheurs, *sujet logique, simple et complexe, à cause du complém.* grands; est, *verbe;* arrivé, *at. simple.*

Il faut travailler. — Il (ceci) *savoir* travailler, faut (manque, est nécessaire) (2). — Il, *sujet grammatical;* travailler, *sujet logique, simple;* est, *verbe;* fallant (nécessaire), *attribut simple.*

Il y a quelqu'un dans la chambre. — Évidemment le sens est *quelqu'un est dans la chambre, se trouve dans la chambre :* l'expression *y a* est donc l'équivalente de *est,* et l'on

---

(1)« L'imitation a donné lieu à plusieurs façons de parler, qui ne sont que des formules que l'usage a consacrées. On se sert si souvent du pronom *il* pour rappeler dans l'esprit la personne déjà nommée que ce pronom est passé ensuite par imitation dans plusieurs façons de parler, où il ne rappelle l'idée d'aucun individu particulier. *Il* est plutôt une sorte de nom métaphysique, idéal ou d'imitation ; c'est ainsi que l'on dit *il pleut, il tonne, il faut, il y a des gens qui s'imaginent,* etc. Ce *il, illud,* est un mot qu'on emploie par analogie, à l'imitation de la construction usuelle qui donne un nominatif à tout verbe fini. Ainsi *il pleut,* c'est le ciel ou le temps qui est tel qu'il fait tomber la pluie ; *il faut,* c'est-à-dire, *cela, illud,* telle chose est nécessaire, savoir, etc. » (*Dumarsais,* V, page 34). Il est tellement vrai que *il* (illud) a pour équivalent *ceci* ou *cela* (hoc), que l'on dit tous les jours dans le langage familier *ça fume, ça sent mauvais ici,* pour *il fume, il sent mauvais ici.*

(2) *Falloir* est un mot de la vieille langue française, dans laquelle il a toujours eu le sens du verbe *manquer,* et qui a encore ce sens aujourd'hui dans les locutions *peu s'en faut, il s'en faut de beaucoup,* etc. Or, ce qui manque, par cela même est nécessaire. Il est bon de remarquer que le participe présent *fallant* est inusité ; mais quoique les dictionnaires ne le donnent pas, comme il est renfermé implicitement dans les autres formes du verbe, on est autorisé à s'en servir dans l'analyse logique.

devra analyser ainsi : Il (ceci) *savoir* quelqu'un est [se trouvant] dans la chambre. — Il, *sujet grammatical;* quelqu'un, *sujet logique, simple;* est, *verbe;* trouvant, *attribut simple et complexe;* se, *complément direct;* dans la chambre, *complém. circonstanciel.*

Quelle est la personne qu'il y a dans la chambre? c'est-à-dire *la personne laquelle est* (se trouvant) *dans la chambre est quelle?* La phrase se compose d'une proposition principale *la personne est quelle,* et d'une incidente déterminative *qu'il y a dans la chambre.* D'après le sens de cette incidente, *qu'il y a* est l'équivalent de *laquelle est* (se trouvant); on dira donc : Il (ceci) *savoir* laquelle est [se trouvant] dans la chambre est quelle? — Il, *sujet grammatical;* laquelle, *sujet logique, simple;* est, *verbe;* se trouvant dans la chambre, *attribut simple,* etc.

80. — Lorsque le sujet logique n'est point exprimé après ou avant le verbe impersonnel, comme dans *il pleut, il tonne,* etc., c'est la cause du phénomène qui est le véritable sujet; et comme l'idée de cette cause est vague, générale, on se contente du sujet indéfini *il.* On dira donc simplement : Il, *sujet simple;* est, *verbe;* pleuvant, *attribut simple.*

Il fait mauvais temps, il fait froid. C'est encore le sujet impersonnel *il,* désignant d'une manière vague la cause du phénomène; mais le sujet logique étant exprimé après, il conviendra d'analyser cette phrase comme nous avons analysé celles-ci : *Il est arrivé de grands malheurs; il faut travailler; il y a quelqu'un dans la chambre* (79); c'est-à-dire indiquer le sujet logique après le sujet apparent *il.* Or, si l'on s'en tient à la forme, le verbe *fait* se présente ici comme transitif, et le sujet logique *mauvais temps, froid,* comme complément direct : devrons-nous consulter le sens ou nous en tenir à la forme ?

L'analyse logique est avant tout l'analyse de la pensée, et la pensée est celle-ci : *Le mauvais temps est* (existe); *le froid est* (existe) (1). En conséquence, par la même raison que dans

---

(1) Si l'on consulte la pensée, sans égard à la forme, on reconnaîtra sans

la phrase *il y a quelqu'un dans la chambre,* où figure le verbe transitif *avoir,* nous avons négligé la forme et considéré seulement le sens, au lieu des phrases *il fait mauvais temps, il fait froid,* nous prendrons les phrases équivalentes *le mauvais temps existe, le froid existe.*

Les froids qu'il a fait ont détruit les récoltes. Cette phrase se compose d'une proposition principale *les froids ont détruit les récoltes,* et d'une incidente déterminative *qu'il a fait.* Cette dernière proposition est en même temps analogue à la proposition *il fait froid,* et à l'incidente *qu'il y a,* de la phrase *quelle est la personne qu'il y a dans la chambre?* nous prendrons son équivalent *lesquels ont existé* (1), et nous dirons : Les froids, *sujet simple et complexe;* qu'il a fait, *c'est-à-dire* lesquels ont existé, *complément déterminatif;* ont été, *verbe;* détruisant, *attribut simple et complexe;* les récoltes, *complément direct.* — Lesquels, *sujet simple;* ont été, *verbe;* existant, *attribut simple.*

81. — Dans les verbes pronominaux employés imperson-

peine que tout verbe impersonnel est intransitif par le sens, ou bien que c'est le verbe essentiel *être* ou son équivalent. On s'en convaincra surtout, si l'on traduit dans une autre langue le gallicisme formé par notre verbe impersonnel. Soit par exemple la phrase *Vous me demandez quel temps il a fait;* la traduction latine sera *Quæris quænam tempestas fuerit,* où l'on voit que l'impersonnel *il a fait* équivaut au verbe *être,* et que le véritable sujet est *tempestas,* le temps. Qu'un élève, trompé par la forme, ait considéré l'impersonnel *il a fait* comme verbe transitif, il sera conduit à donner de la phrase citée cette mauvaise traduction *Quæris quam tempestatem fecerit.*

(1) Il est très-probable que dans l'origine de la langue cette phrase a signifié *les froids que le temps, le ciel* ou *Dieu a faits;* mais évidemment, de nos jours elle ne présente plus cette pensée à l'esprit : pour tout le monde *les froids qu'il a fait* signifie *les froids, lesquels froids ont existé.* Ceci est conforme à ce que nous avons dit dans notre Grammaire (145 Remarque III). Savoir que les verbes accidentellement pronominaux, quoique n'étant pas nécessairement intransitifs, sont cependant traités comme tels par notre langue. Et si la langue les traite actuellement comme intransitifs, ne doit-on pas, quand on fait l'analyse, les prendre pour tels ? S'il s'agissait de faire l'analyse grammaticale de cette phrase : *L'on ne songe qu'à se flatter soi-même* (FÉNELON), s'aviserait-on de dire :

l' (le), article m. s.
on (altération du mot *homme*), nom commun m. s.

par la raison que dans l'origine de la langue on a dit d'abord l'*hom*, puis l'*om* et enfin l'*on* ? Nous devons, surtout dans l'analyse logique, prendre la langue telle qu'elle est aujourd'hui et nous guider sur le sens qu'on attache aux locutions dont la forme présente quelque bizarrerie ou quelque irrégularité ; pour nous, l'impersonnel *il fait froid,* n'est pas plus un verbe transitif, que l'impersonnel *il s'élève une difficulté,* où le pronom *se* se **présente comme complément direct.**

nellement, tels que *il s'ensuit, il s'élève, il s'en faut*, etc., on considérera comme réunis et ne formant qu'une seule expression les mots *se, en* et le verbe, quand même celui-ci serait transitif de sa nature. Exemples : *Il s'ensuit que l'affaire est bonne;* c'est-à-dire, Il (ceci) *savoir,* que l'affaire est bonne s'ensuit (résulte). Dans cette phrase *s'ensuit*, formé des pronoms *se, en* et du verbe *suivre*, a le sens de *résulte :* c'est donc une expression composée équivalant à un verbe intransitif.

Il s'élève une difficulté ; c'est-à-dire, Il (ceci) *savoir* une difficulté s'élève (surgit).

Il s'en faut de dix francs, comme on dirait Il y a manque de dix francs. — Il (ceci) *savoir* [la somme] de dix francs s'en faut (manque).

82. — GALLICISMES FORMÉS PAR L'EMPLOI DU PRONOM **ce** AVEC LE VERBE **être**. — « Le verbe *être,* dit l'Académie, s'emploie d'une façon particulière, avec l'adjectif démonstratif *ce,* pris pour *cela* et se rapportant à une personne, à une chose, à une action déterminée. *Connaissez-vous un tel? C'est un très-honnête homme.* »

« Il s'emploie aussi avec le même mot se rapportant à une personne, à une chose, à une action indiquée seulement dans la suite de la phrase. *C'est moi qui l'ai dit. C'est nous qui l'avons fait. C'est eux ou ce sont eux qu'il faut récompenser. C'est là ma maison. C'est là qu'il demeure. C'est à vous que j'écris.* »

Dumarsais dit : « *Ce* est souvent substantif (1), c'est le *hoc* des latins : alors, quoi qu'en disent nos grammairiens, *ce* est du genre neutre (2) (Tome IV, page 296). »

« *C'est un grand art de cacher l'art : ce* (hoc) à savoir, *cacher l'art,* voilà le sujet dont on dit que *c'est un grand art* (Tome V, page 46). »

Il dit encore : « Dans les interrogations, *ce* substantif est

---

(1) Dumarsais et plusieurs autres bons grammairiens font rentrer dans la classe des substantifs la plupart des pronoms : voilà pourquoi Dumarsais dit dans la phrase que nous citons *ce* est souvent *substantif*.

(2) « Car on ne peut pas dire qu'il soit masculin, ni qu'il soit féminin. J'entends ce que vous dites, *istud quod.* » (Dumarsais, tome IV, page 296.)

mis après le verbe *est : Qui est-ce qui vous l'a dit?* dont la construction est *ce*, c'est-à-dire *celui* ou *celle qui l'a dit est quelle personne?* (Tome IV, page 296.) »

Ces observations de l'Académie et de Dumarsais nous apprennent comment nous devons faire l'analyse des gallicismes formés par l'emploi du pronom *ce* joint au verbe *être ;* voyons des exemples :

Connaissez-vous un tel? C'est un très-honnête homme. La dernière proposition s'analysera de cette manière : Ce (cet homme) (1), *sujet simple ;* est, *verbe ;* un très-honnête homme, *attribut,* etc.

Ce sont de braves gens qui vous aideront ; c'est-à-dire ce (ceux-là, ces gens) sont de braves gens, etc. — Ce (ceux-là, ces gens), *sujet simple :* sont, *verbe, au pluriel par syllepse ;* de braves gens, *attribut,* etc.

C'est toi qui l'as nommé (Racine); c'est-à-dire, ce (ceci) *savoir* toi qui l'as nommé, est (2). — Ce (ceci), *sujet simple et complexe ;* toi, *mot qui complète, à l'aide de l'incidente déterminative* qui l'as nommé, *le sens du sujet* ce ; est, *verbe ;* existant, *attribut simple implicitement renfermé dans le verbe* est.

On analysera de la même manière : *C'est à vous que j'écris ;* c'est-à-dire, ce (ceci) *savoir* que j'écris à vous, est (3). *Qui a fait cela? C'est nous ;* c'est-à-dire, ce (ceci, *hoc*) *savoir* nous [qui avons fait cela] est.

Devant une troisième personne du pluriel, au lieu de *c'est* on dit *ce sont;* exemple : *Qui sont ces messieurs? Ce sont*

---

(1) Nos pères disaient *cettui est un très-honnête homme.*

(2) Dans ces façons de parler, les locutions *c'est, ce sont* marquent fortement l'affirmation et donnent par conséquent de l'énergie à la phrase. Quelle différence en effet entre *tu l'as nommé* et *c'est toi qui l'as nommé.*

(3) Le *que* conjonction a été primitivement le neutre *quod* du latin. Les grammairiens de Port-Royal mettent en regard cette phrase latine *non objicio tibi quòd hominem spoliasti* (Cicéron), et la phrase française *je suppose que vous serez sage,* puis ils disent : « Ce *quòd* est le relatif *quod,* qui a toujours rapport à son antécédent, et le *que* français vient de ce *quod.* » Condillac donne la phrase *Je vous assure que les connaissances sont surtout nécessaires aux princes,* qu'il analyse ainsi : *Je vous assure cette chose,* qui est : *les connaissances* etc.; puis il conclut en ces termes : « La conjonction *que* n'est autre chose que l'adjectif conjonctif *qui, que;* et pour avoir cette conjonction, il n'a fallu que prendre l'habitude d'omettre quelques mots. »

nos amis. On a alors un double gallicisme : l'accord du verbe *être* se fait par syllepse, non avec le sujet apparent *ce*, mais avec la troisième personne du pluriel *nos amis*, qui complète le sens du pronom *ce*, absolument comme dans cette phrase : *Une foule de pauvres reçoivent des secours* (1).

Qu'est-ce que je vois là ? — Ce (cet objet, *hoc*) que je vois là est que (quoi) ?

Ce que je crois, c'est que vous vous trompez. — Il y a ici inversion : ce (ceci) *savoir* que vous vous trompez est ce que je crois.

C'est en Dieu seul que je me confie. — Ce (ceci) *savoir* que je me confie en Dieu seul, est.

C'est à vous de parler. — Ce (ceci) *savoir* [le droit] de parler est (appartient) à vous.

C'est à vous à parler. — Ce (ceci) *savoir* [le tour] à parler est (appartient) à vous.

C'est se moquer du monde que de parler ainsi. — Ce (ceci) *savoir* que [s'aviser] de parler ainsi est se moquer du monde. — Ce, *sujet simple et complexe*, ayant pour complément *déterminatif* que de parler ainsi ; est, *verbe* ; se moquer du monde, *attribut simple*, etc.

Que j'aie le droit de parler ainsi, c'est ce que personne ne me contestera. C'est-à-dire : *Ce que personne ne me contestera, c'est que j'aie le droit de parler ainsi ;* on dira donc : Ce (ceci) *savoir* que j'aie le droit de parler ainsi, ce (cela) est ce que personne ne me contestera.

83. — La conjonction *que* toute seule donne lieu à de nombreux gallicismes, qui sont en général le résultat d'une ellipse. Exemples :

Il n'a que dix francs ; c'est-à-dire, il n'a [autre argent] que dix francs.

Il n'a qu'à se taire. — Il n'a [autre chose] à [faire] que se taire.

---

(1) L'Académie dit indifféremment *ce sont eux* ou *c'est eux qu'il faut récompenser*. On trouve souvent dans nos meilleurs auteurs, *c'est* devant une troisième personne du pluriel : on dit toujours *c'est nous, c'est vous* ; ce qui prouve que la forme *c'est* est une forme essentiellement affirmative et que *ce sont eux* est une syllepse.

Il ne fait que sortir. — Il ne fait [rien autre chose] que sortir.

Il ne fait que de sortir. — Il ne fait [au moment où je parle autre action] que [l'action] de sortir.

Comme il était tard et qu'on craignait la chute du jour (Acad.). — Et [comme il se faisait] qu'on craignait, etc. (1).

Quand on est jeune et qu'on se porte bien (Acad.). — Et [qu'il se fait] qu'on se porte bien.

Dans toutes ces phrases, nous rétablissons les mots sous-entendus; mais en faisant l'analyse, on pourra se dispenser de remplir les ellipses.

Nous pourrions étendre nos exemples; mais on trouvera dans les exercices suivants (45 à 46) un grand nombre d'autres gallicismes avec les explications qui sont nécessaires pour en faire convenablement l'analyse.

Exercices sur la 12e leçon.

Verbes impersonnels.

45e EXERCICE.

1. Il est juste d'obéir. — 2. Il n'y a là rien d'extraordinaire. — 3. Il y aura une grande foule. — 4. Il est du devoir d'un honnête homme de soutenir l'adversité. — 5. Il est d'un bon chrétien de pardonner à ses ennemis. — 6. Mes enfants, il convient d'écouter ses parents. — 7. Il s'en faut de beaucoup. — 8. Il fait bon se promener (*Acad.*). — 9. Il fait beau chasser dans cette forêt (*id.*). — 10. Il s'est bâti bien des maisons à Paris en trente ans (*id.*). — 11. Comment se fait-il que tu

---

(1) Dans cette phrase et dans celle qui la suit, la conjonction *que* évite la répétition de la conjonction *comme;* mais il est évident que la conjonction *que* placée au commencement d'une proposition subordonnée, n'existe qu'en vertu d'une proposition principale à laquelle se rattache cette proposition subordonnée : ici donc, pour rendre raison de l'emploi de la conjonction *que*, il faut rétablir la proposition principale sous-entendue.

sois venu si tard? — 12. Sur cent mille combattants, il y en a eu mille de tués.

Modèle d'analyse.

1. Il est juste d'obéir ; *c'est-à-dire*, il (ceci) *savoir* [l'acte] d'obéir, est juste. *Propos. principale.* — Il, *sujet grammatical* ; l'acte d'obéir, *sujet logique, simple et complexe à cause du complém. déterm.* d'obéir ; est, *verbe* ; juste, *at. simple.*

2. Il n'y a là rien d'extraordinaire ; *c.-à-d.* il (ceci) *savoir* rien d'extraordinaire, n'est [existant] là. *Propos. principale.* — Il, *sujet grammatical* ; rien, *sujet logique, simple et complexe* ; d'extraordinaire, *complém. déterm. de* rien ; y a (est existant) est, *verbe* ; existant, *at. simple et complexe* ; là, *complém. circonst.*

3. Il y aura une grande foule ; *c.-à-d.* il (ceci) *savoir* une grande foule, sera se trouvant là. *Propos. principale.* — Il, *sujet grammatical* ; une foule, *sujet logique, simple et complexe* ; grande, *complém. du sujet* foule ; sera, *verbe* ; se trouvant, *at. simple et complexe* ; y (là), *complém. circonst.*

4. Il est du devoir d'un honnête homme de soutenir l'adversité ; *c.-à-d.* il (ceci) *savoir* [l'acte] de soutenir l'adversité, est [faisant partie] du devoir d'un honnête homme (1). *Propos. principale.* — Il, *sujet grammatical ;* soutenir l'adversité, *sujet logique, simple* ; est, *verbe* ; faisant partie, *attribut simple et complexe* ; du devoir d'un honnête homme, *complém. de l'attribut.*

5. Il est d'un bon chrétien de pardonner à ses ennemis ; *c.-à-d.* il (ceci) *savoir* [l'acte] de pardonner à ses ennemis, est [le devoir] d'un bon chrétien. *Propos. principale.* — Il, *sujet grammatical* ; [l'acte] de pardonner à ses ennemis, *sujet logique, simple et complexe à cause du complém. déterm.* de pardonner etc. ; est, *verbe* ; [le devoir] *at. simple et complexe* ; d'un bon chrétien, *complém. déterm. de l'attribut.*

6. Mes enfants, il convient d'écouter ses parents ; *c.-à-d.* il (ceci) *savoir* [l'acte] d'écouter ses parents, convient. *Propos. principale.* — Il, *sujet grammatical ;* [l'acte] d'écouter ses parents, *sujet logique, simple et complexe à cause du complém. déterm.* d'écouter ses parents ; est, *verbe ;* convenant, *at. simple.*

7. Il s'en faut de beaucoup ; *c.-à-d.* il (ceci) *savoir* [la quantité] de beaucoup s'en faut (manque). *Propos. principale.* — Il, *sujet grammatical* ; [la quantité] *sujet logique, simple et complexe* ; de beaucoup, *complém. déterm. du sujet logique* ; est, *verbe* ; s'en fallant (manquant), *at. simple.*

8. Il fait bon se promener ; *c.-à-d.* il (ceci) *savoir* se promener, fait bon. *Propos. principale.* — Il, *sujet grammatical* ; se promener, *sujet logique, simple* ; est, *verbe* ; faisant, *at. simple et complexe* : bon (agréablement) (2), *complém. circonst.*

---

(1) Le sens est évidemment *soutenir l'adversité est compris dans le devoir d'un honnête homme, fait partie de ce devoir.*
(2) *Bon* est ici employé adverbialement (*Acad.*).

Exercices d'analyse logique.   4

9. Il fait beau chasser dans cette forêt; *c.-à-d.* il (ceci) *savoir* chasser dans cette forêt fait beau. *Propos. principale.* — Il, *sujet grammatical*; chasser, *sujet logique, simple et compl.*; dans cette forêt, *complém. déterm.*; est, *verbe*; faisant, *at. simple et complexe*; beau (agréablement), *complém. circonst.*

10. Il s'est bâti bien des maisons à Paris en trente ans; *c.-à-d.* il (ceci) *savoir* bien des maisons, s'est bâti à Paris en trente ans. *Propos. principale.* — Il, *sujet grammatical*; bien des maisons, *sujet logique, simple*; est, *verbe*; s'étant bâti, *at. simple et complexe*; à Paris *et* en trente ans, *complém. circonst.*

11. Comment se fait-il que tu sois venu si tard? Cette phrase se compose de deux propositions : une principale, *comment se fait-il*, et une incidente déterminative, *que tu sois venu si tard.*

1° Comment se fait-il. *Propos. principale.* C.-à-d. il (ceci) *savoir* [le fait] que tu sois venu si tard se fait comment? (2). — Il, *sujet grammatical*; [la chose, le fait], *sujet logique, simple et complexe*; que tu sois venu si tard, *complém. déterm. du sujet logique*; est, *verbe*; se faisant (existant), *at. simple et complexe*; comment, *complém. circonst.*

2° Que tu sois venu si tard. *Propos. incidente déterm.* — Tu, *sujet simple*; sois, *verbe*; venu, *at. simple et complexe*; si tard, *complém. circonst.*

12. Sur cent mille combattants, il y en eut mille de tués; *c.-à-d.* sur cent mille combattants, il (ceci) *savoir* mille en (d'eux) de [combattants] tués, y eut (fut se trouvant). *Propos. principale.* — Il, *sujet grammatical*; mille, *sujet logique, simple et complexe*; de [combattants] tués, *complém. du sujet logique* mille; fut, *verbe*; se trouvant, *at. simple et complexe*; sur cent mille combattants, *complém. circonst.*

46ᵉ EXERCICE.

Nota. Pour faciliter le devoir de l'élève, nous donnerons l'explication des formes qui n'ont point d'analogues dans les exemples de la leçon ou dans les phrases du modèle d'analyse.

1. Il sied d'être modeste.

2. Il y a déjà beaucoup de monde.

3. Il est grand jour.

Il (ceci) *savoir* grand jour est [existant].

4. Il fait nuit.

5. Il est quelquefois dangereux de parler.

6. Il y a vingt ans qu'elle me déplaît.

---

(1) Incontestablement la proposition *que tu sois venu si tard* est une incidente déterminative; c'est donc un complément déterminatif; mais de quel mot? évidemment du sujet logique *le fait, la chose, l'acte* : la phrase équivaut à celle-ci : *le fait d'être venu si tard d'où provient-il, quelle en est la cause ?*

7. Il faut autant qu'on peut obliger tout le monde (*La Fontaine*).

8. Il s'est tenu une assemblée (*Acad.*).

9. Il m'est impossible de mieux faire (*id.*).

Il (ceci) *savoir* [l'acte] de mieux faire m'est impossible.

10. Il est de la justice de faire cela.

47ᵉ EXERCICE.

1. Il tombe de la neige.

2. Il n'est rien que j'estime tant.

Il (ceci) *savoir* rien (chose) que j'estime tant n'est (est non existant).

3. Il s'ensuit que vous avez tort.

4. Il se fait tard.

5. Les chaleurs qu'il a fait ont mûri les moissons.

6. Il est l'heure de nous en aller.

7. Il se peut que l'affaire soit bonne.

8. Il vaut mieux être juste que d'être riche (*Dumarsais*).

9. Il s'en est fallu de peu.

10. Il est des hommes que la résistance anime, il en est d'autres qu'elle décourage. (*Acad.*)

Il (ceci) *savoir* [quelques-uns] des hommes que la résistance anime, est. — Il (ceci) *savoir* [quelques-uns] d'autres qu'elle décourage, est.

48ᵉ EXERCICE.

1. Il fallait m'avertir.

2. Il est survenu quelques difficultés.

3. Il est arrivé une nouvelle fâcheuse (*Acad.*).

4. Il y avait au moins cent personnes.

5. Il s'est fait cet été une grande consommation de glace.

6. Il s'est fait beaucoup de fentes dans cette muraille (*Acad.*).

7. Il vint plusieurs dames.

8. Il s'était commis un grand crime en ce lieu-là (*Acad.*).

9. Il s'agit de vos intérêts.

Il (ceci) *savoir* [question] de vos intérêts s'agit (est agité). Le verbe *il s'agit* signifie il est question de *(Acad.)* (1).

10. Il n'est dans ce vaste univers
    Rien d'assuré, rien de solide. (*Mme Deshoulières.*)

Gallicismes formés par l'emploi du pronom CE avec le verbe ÊTRE et par la conjonction QUE.

49e EXERCICE.

1. C'est un homme d'esprit. — 2. C'est Dieu qui fit le monde. — 3. C'est vous, mes amis, qui m'avez demandé. — 4. Ce sont nos amis qui viennent. — 5. Votre défaut, c'est d'être méfiant. — 6. Quand ce serait *ou* quand ce seraient les Romains qui auraient élevé ce monument *(Acad.)*. — 7. Ce fut aux Français qu'il dut la victoire *(id.)*. — 8. Je ne veux que le voir *(id.)*. — 9. Le fripon qu'il était, m'emporte dix mille francs *(id.)*. — 10. Il ne fait point de voyage qu'il ne lui arrive quelque accident *(id.)*. — 11. Aussi est-ce vous que je préfère *(id.)*. — 12. Ce sont les Grecs que nous accusons.

Modèle d'analyse.

1. C'est un très-honnête homme. *Propos. principale.* — Ce *(cet homme)*, *suj. simple*; est, *verbe*; un très-honnête homme, *at. simple et complexe à cause du complém. circonst.* très.

2. C'est Dieu qui fit le monde. — Cette phrase se compose de deux propositions : une principale, *c'est Dieu*, et une incidente déterminative, *qui fit le monde*.

1° C'est Dieu. *Propos. principale.* — Ce (ceci), *suj. simple et complexe*; Dieu, *nom qui complète, à l'aide de l'incidente détermi-native* qui fit le monde, *le sens du sujet* ce; est, *verbe*; existant, *at. simple et incomplexe, implicitement renfermé dans le verbe* est.

2° Qui fit le monde. *Propos. incidente détermin.* — Qui, *suj. simple*; fut, *verbe*; faisant, *at. simple et complexe*; le monde, *complém. direct.*

3. C'est vous, mes amis, qui m'avez demandé. — Cette phrase

---

(1) Le verbe *il s'agit* n'est donc pas transitif quant au sens : en latin on aurait le passif *agitur*.

se compose de deux propositions : une principale, *c'est vous*, et une incidente déterminative, *qui m'avez demandé.*

1° C'est vous, mes amis. *Propos. principale.* — Ce (ceci) *suj. simple et complexe* ; vous, *mot qui complète, à l'aide de l'incidente détermin.* qui m'avez demandé, *le sens du sujet* ce; est, *verbe;* existant, *at. simple et incompl. implicitement renfermé dans le verbe* est; mes amis, *mots en apostrophe.*

2° Qui m'avez demandé. *Propos. incidente détermin.* Qui, *suj. simple;* avez été, *verbe;* demandant, *at. simple et complexe;* me, *complém. direct.*

4. Ce sont nos amis qui viennent. — Cette phrase qui se présente comme la réponse à la question *qui sont ces gens-là?* signifie *ceux qui viennent sont nos amis;* elle se compose de deux propositions : une principale, *ce sont nos amis,* et une incidente explicative, *qui viennent.*

1° Ce sont nos amis. *Propos. principale.* — (Ceux-là), *sujet simple;* sont, *verbe, au pluriel par syllepse;* nos amis, *at. simple et complexe ayant pour complém. explicatif* qui viennent.

2° Qui viennent. *Propos. incidente explicative.* — Qui, *sujet simple;* sont, *verbe;* venant, *at. simple.*

5. Votre défaut, c'est d'être méfiant. *Propos. principale.* — Votre défaut, *sujet simple et complexe, à cause du complém. détermin.* votre; ce (cela, ce défaut), *répétition du sujet;* est, *verbe;* [le défaut] *at. simple et complexe;* d'être méfiant, *compl. déterm. du suj.*

6. Quand ce serait *ou* quand ce seraient les Romains qui auraient élevé ce monument. — Cette phrase se compose de deux propositions : une propos. subordonnée (1), *quand ce serait* ou *ce seraient les Romains,* et une incidente détermin., *qui auraient fait cela.*

1° Quand ce serait *ou* ce seraient les Romains. *Propos. subordonnée.* — Ce (cela), *sujet simple et complexe;* les Romains, *mots qui, à l'aide de l'incidente détermin., complètent le sens du sujet* ce; serait, *verbe,* ou *seraient, verbe au plur. par syllepse;* existant, *at. simple implicitement renfermé dans le verbe essentiel* être (2).

2° Qui auraient élevé ce monument. *Propos. incidente détermin.* — Qui, *suj. simple;* seraient, *verbe;* ayant élevé, *at. simple et complexe;* ce monument, *complém. direct.*

7. Ce fut aux Français qu'il dut la victoire. — Cette phrase se compose de deux propositions : une principale, *ce fut;* l'autre incidente détermin., *aux Français qu'il dut la victoire.*

1° Ce fut. *Propos. principale.* — Ce (ceci), *suj. simple et complexe ayant pour complém. détermn.* qu'il dut la victoire; fut, *verbe;* existant, *at. simple implicitement renfermé dans le verbe* fut.

2° Aux Français qu'il dut la victoire. *Propos. incidente déterm.*

---

(1) La phrase n'est pas complète : la proposition principale, telle que *qu'en concluriez-vous,* n'est pas exprimée, l'idée en est implicitement contenue dans ce tour de phrase.

(2) Avec le verbe *seraient* au pluriel, on peut aussi analyser en disant, comme dans la 4ᵉ phrase : *ce* (ceux-là) qui ont élevé ce monument, *sujet;* seraient, *verbe;* les Romains, *attribut.*

— Il, *suj. simple ;* fut, *verbe;* devant, *at. simple et complexe ;* la victoire, *complém. direct ;* aux Français, *complém. indirect.*

8. Je ne veux que le voir. *Propos. principale.* — Je, *suj. simple ;* suis, *verbe;* ne voulant, *at. simple et complexe ;* [autre chose] que le voir, *complém. direct.*

9. Le fripon qu'il était, m'emporte dix mille francs. — Cette phrase se compose de deux propositions ; une principale, *le fripon m'emporte dix mille francs,* et une incidente explicative,*qu'il était.*

1° Le fripon m'emporte dix mille francs. *Propos. principale.* — Le fripon, *suj. simple et complexe a cause du complém. explicatif* qu'il était; est, *verbe;* emportant, *at. simple et complexe;* me (à moi), *complém. indirect ;* dix mille francs, *complém. direct.*

2° Qu'il était; *c'est-à-dire,* lequel il était. *Propos. incidente explicative.* — Il, *suj. simple;* était, *verbe;* lequel, *at. simple et incompl.*

10. Il ne fait point de voyage qu'il ne lui arrive quelque accident. — Cette phrase renferme deux propositions : une principale, *il ne fait point de voyage;* une subordonnée, [sans] *qu'il lui arrive quelque accident* (1).

1° Il ne fait point de voyage. *Propos. principale.* — Il, *suj. simple ;* est, *verbe;* ne faisant, *at. simple et complexe;* point de voyage, *complém. direct.*

2° Qu'il ne lui arrive quelque accident. *Propos. subordonnée, formant un complém. circonst. de la principale.* — Il (ceci), *savoir* quelque accident, *suj. grammatical;* quelque accident, *sujet logique, simple et complexe à cause du complément* quelque; soit, *verbe;* n'arrivant, *at. simple et complexe ;* lui (à lui), *complém. indir.*

11. Aussi est-ce vous que je préfère. — Cette phrase se compose de deux propositons : une principale, *aussi est-ce vous,* et une incidente détermin., *que je préfère.*

1° Aussi est-ce vous. *Propos. principale.* — Ce (celui ou ceux), *suj. simple et complexe ayant pour complém. déterm.* que je préfère ; est, *verbe ;* vous, *at. simple.*

2° Que je préfère. *Propos. incidente déterm.* — Je, *suj. simple;* suis, *verbe;* préférant, *at. simple et complexe;* que (lequel), *complém. direct.*

12. Ce sont les Grecs que nous accusons. — Cette phrase se compose de deux propositions : une principale, *ce sont les Grecs,* et une incidente détermin., *que nous accusons.*

1° Ce sont les Grecs. *Propos. principale.* — Ce (ceux), *suj. simple et complexe ayant pour complém. déterm.* que nous accusons; sont, *verbe au plur. par syllepse;* les Grecs, *at. simple.*

2° Que nous accusons. *Propos. incidente détermin.* — Nous, *suj. simple et incomplexe;* sommes, *verbe;* accusant, *at. simple et complexe;* que (lesquels), *complém. direct.*

---

(1) Quand on exprime la préposition *sans,* la Grammaire exige que l'on supprime la négation : *sans qu'il lui arrive quelque accident.*

50ᵉ EXERCICE.

1. C'est vous, messieurs, qui vous trompez.

2. C'est à vous que je m'adresse.

3. Ce sont nos amis que nous favorisons.

Nos amis sont ce (ceux) que nous favorisons.

4. Ce sont de belles maisons.

Ce (ces maisons) sont [faisant partie] de [les] belles maisons.

5. Quand ce seraient nos amis qui auraient fait cela.

6. C'est une belle chose que de garder le secret.

(Voir 12ᵉ leçon, parag. 33, la phrase C'est se moquer du monde que de parler ainsi).

7. C'est se moquer d'en user ainsi (*Acad.*).

Ce (ceci) *savoir* [l'acte] d'en user ainsi est se moquer.

8. C'est se moquer que d'agir ainsi (*Acad.*).

9. On leur parle encore qu'ils sont partis (*La Bruyère*).

[Lors] que [déjà] ils sont partis.

10. La cruelle qu'elle est, se bouche les oreilles
   Et nous laisse crier. (*Malherbe.*)

51ᵉ EXERCICE.

1. Vous ne faites que jouer.

2. Ils ne font que d'arriver.

3. Vous n'aurez qu'à m'écrire.

4. C'est nous qui vous attendrons.

5. C'est une affaire où il y va du salut de l'État (*Dumarsais*).

Dans ce gallicisme, le mot *y* forme pléonasme avec *où*; mais comme le fait observer Dumarsais, *il y va*, *il y a*, *il en est,* sont des formes autorisées, dont on ne peut rien ôter. Du reste *il y va* a ici le même sens que *il s'agit.*

6. C'est ici qu'il s'est arrêté.

Ce [lieu] que (auquel) il s'est arrêté, [est situé] ici.

7. Sera-ce vous qui le ferez? (*Acad.*)

Ce (celui) qui le ferez *(accord par syllepse)* sera vous?

8. Ne voyez-vous point, aveugle que vous êtes, le piége qui vous est tendu? *(Acad.)*

9. C'est ce dont je voulais vous parler *(id.)*.

Ce dont je voulais vous parler est ce (cela).

10. C'est une maladie d'esprit que de souhaiter l'impossible.

52e EXERCICE.

1. Je ne demande que ce qui m'appartient.

2. Vous n'avez que faire là.

Vous n'avez [rien] que [laquelle chose] à faire là.

3. Je lui parlai qu'il était encore au lit *(Acad.)*.

[Lors] qu'il était encore au lit.

4. Il ne parle que par sentences *(id.)*.

Il ne parle [pas autrement] que par sentences.

5. C'est là que je vous attends.

Ce (ceci) *savoir* [le lieu, le point] que (auquel, où) je vous attends, est là (1).

6. C'est de lui que je parle.

7. Il ne fait que boire et manger *(Acad.)*.

8. On le régala que rien n'y manquait *(id.)*.

On le régala [si bien] que rien n'y manquait.

9. A qui puis-je mieux confier mon secret qu'à vous seul? *(Acad.)*

Mieux que [de le confier] à vous seul.

10. Ce sont des qualités nécessaires pour régner que la douceur et la fermeté *(Acad.)*.

(Voyez parag. 83, à la fin.)

---

(1) On dit de même *le moment que* et *le moment où.* (Acad.)

Gallicismes particuliers.

53e EXERCICE.

1. J'ai à lui parler. — 2. Si j'étais de vous, je m'assurerais du fait. — 3. Si j'étais que de vous, je m'y prendrais de cette manière (*Acad.*). — 4. C'est fait de moi (*id.*). — 5. Vous avez beau dire, vous ne le convaincrez pas. — 6. Quels que soient vos talents, soyez modeste. — 7. Quelque grandes que soient vos richesses, vous ne devez être fier avec personne. — 8. A qui en avez-vous? — 9. Ne laissons pas, en la perdant, d'adorer la main qui nous l'enlève (*Fléchier*). — 10. Il ne laisse pas que de gagner beaucoup à ce marché (*Acad.*).

Modèle d'analyse.

1. J'ai à lui parler. *Propos. principale.* — Je, *suj. simple et in-compl.*; suis, *verbe*; ayant à parler *at. simple et complexe*; lui (à lui), *complém. indirect.*

2. Si j'étais de vous, je m'assurerais du fait. — Cette phrase se compose de deux propositions : une principale, *je m'assurerais du fait*, et une subordonnée, *si j'étais de vous.*

1° Je m'assurerais du fait. *Propos. principale.* — Je, *suj. simple et incompl.*; serais, *verbe*; assurant, *at. simple et complexe*; me, *complém. direct*; du fait, *complém. indirect.*

2° Si j'étais [la personne] de vous. *Propos. subordonnée, formant un complém. circonst. de la principale.* — Je, *suj. simple et incompl.*; étais, *verbe*; [la personne], *at. simple et complexe*; de vous, *complément déterm. de l'attribut.*

3. Si j'étais que de vous, je m'y prendrais de cette manière; *c'est-à-dire*, si j'étais [ce, cela] que [lequel... il est] de vous, je m'y prendrais de telle manière. — Cette phrase se compose de trois propositions : une principale, *je m'y prendrais de cette manière*; une subordonnée, *si j'étais ce*; une incidente déterminative, *qu'il est de vous.*

1° Je m'y prendrais de cette manière. *Propos. principale.* — Je, *suj. simple*; serais, *verbe*; y prenant, *at. simple et complexe*; me, *complém. direct*; de cette manière, *complém. circonst.*

2° Si j'étais ce. *Propos. subordonnée, formant un complém. circonst. de la principale.* — Je, *suj. simple* : étais, *verbe*; ce, *at. simple et complexe ayant pour complém. déterm.* qu'il est de vous.

3° Qu'il est de vous. *Propos. incidente déterm.* — Qu'il *pour* lequel, *suj. simple*; est, *verbe*; existant, *at. simple et complexe*; de vous (concernant vous), *complém. circonst.*

4. C'est fait de moi. *Propos. principale.* — Ce (ceci) *savoir* [malheur] de moi, *suj. simple et complexe à cause du complém. déterm.* de moi; est, *verbe*; fait, *at. simple.*

4

5. Vous avez beau dire, vous ne le convaincrez pas. — Cette phrase renferme deux propositions principales coordonnées.

1° Vous avez beau dire. *Propos. principale.* — Vous, *suj. simple;* êtes, *verbe;* ayant beau dire, *at. simple* (1).

2° Vous, *suj. simple* ; serez, *verbe;* ne convainquant pas, *at. simple et complexe;* le, *complém. direct.*

6. Quels que soient vos talents, soyez modeste;·*c'est-à-dire* [j'admets, je suppose] vos talents soient quels que [vous voudrez] *aussi grands que vous voudrez,* soyez modeste. La proposition *quels que soient vos talents* est une incidente déterminative dépendant de la principale *j'admets* ou *je suppose,* sous-entendue; la proposition *soyez modeste* est une proposition principale (2).

Vos talents soient quels. *Proposition incidente détermin.* — Talents, *sujet simple et complexe;* vos, *complém. détermin. du sujet;* soient, *verbe;* quels, *att. simple et complexe ayant pour complém. détermin. l'incidente sous-entendue, annoncée par la conjonction que.*

2° Soyez modeste. *Propos. principale.* — [Vous], *sujet simple;* soyez, *verbe;* modeste, *at. simple.*

7. Quelque grandes que soient vos richesses, vous ne devez être fier avec personne; *c'est-à-dire* [je suppose *ou* j'admets que] vos richesses soient quelque grandes que [il est possible], vous ne devez pas être fier avec personne. — Cette phrase se compose de quatre propositions : deux principales coordonnées, *j'admets* et *vous ne devez être fier avec personne;* deux incidentes déterminatives, *que vos richesses soient quelque grandes* et *qu'il est possible.*

1° J'admets. *Propos. principale.* — Je, *suj. simple;* suis, *verbe;* admettant, *at. simple et complexe ayant pour complém. direct l'incidente* que vos richesses soient quelque grandes.

2° Que vos richesses soient quelque grandes. *Propos. incidente détermin.* — Richesses, *suj. simple et complexe;* vos, *complém. détermin.;* soient, *verbe;* quelque grandes, *at. simple et complexe ayant pour complém. détermin. l'incidente* qu'il est possible.

3° Qu'il est possible. *Propos. incidente détermin.* — Il, *suj. simple;* est, *verbe;* possible, *at. simple.*

4° Vous ne devez être fier avec personne. *Propos. principale.* — Vous, *suj. simple;* êtes, *verbe;* ne devant, *at. simple et complexe;* être fier avec personne, *complém. détermin. de l'attribut.*

8. A qui en avez-vous? *Propos. principale.* — Vous, *suj. simple;* êtes, *verbe;* en ayant, *at. simple et complexe;* à qui, *complém. indirect.*

9. Ne laissons pas, en la perdant, d'adorer la main qui nous l'enlève. — Cette phrase se compose de deux propositions : une principale, *ne laissons pas, en la perdant, d'adorer la main;* et une incidente déterminative, *qui nous l'enlève.*

---

(1) On explique ce gallicisme par l'ellipse *Vous avez beau* [motif, sujet de] *dire, ou vous avez beau* [jeu à] *dire.* Le plus simple est de réunir les mots *avoir, beau* et *dire.*

(2) Nous rétablissons les propositions sous-entendues pour rendre raison du gallicisme ; mais il est inutile d'analyser ces propositions.

1° Ne laissons pas, en la perdant, d'adorer la main. *Propos. principale.* — [Nous], *suj. simple;* soyons, *verbe;* ne laissant pas d'adorer (1), *at. simple et complexe;* la main, *complém. direct;* en la perdant, *complém. circonst.*

2° Qui nous l'enlève. *Propos. incidente déterm.* — Qui, *suj. simple;* est, *verbe;* enlevant, *at. simple et complexe;* la, *complém. direct;* nous, *complém. indirect.*

10. Il ne laisse pas que de gagner beaucoup à ce marché. *Propos. principale.* — Il, *suj. simple;* est, *verbe;* ne laissant pas que de gagner, *at. simple et complexe;* beaucoup, *complém. direct;* à ce marché, *complém. circonst.*

54ᵉ EXERCICE.

1. J'ai de bonnes raisons à lui donner.

2. On a beau lui faire des observations, il n'en fait qu'à sa tête.

3. On en vint aux mains.

C'est-à-dire, *on combattit.* Il faut réunir les mots *en vint* et *aux mains.*

4. Plût à Dieu que cela fût.

[Je voudrais qu'il] plût à Dieu, etc.

5. Il est pauvre, mais il ne laisse pas d'être honnête homme (*Acad.*).

6. Ses prédictions ne laissèrent pas néanmoins que de me faire plaisir (*Racine*).

7. Si tant est que cela arrive comme vous le dites (*Acad.*).

Si [il *ou* cela] est tant (seulement) que cela arrive comme vous le dites.

8. Voici ce que dit le Seigneur : Aimez-vous les uns les autres.

[*Voici, voilà* sont une contraction de *vois ici, vois là, voyez ici, voyez là.*]

9. Sauve qui peut.

[Il faut que celui] qui peut [se sauver se] sauve.

10. Supposé qu'il vienne.

[Ce *savoir*] qu'il vienne, [étant] supposé.

---

(1) *Ne pas laisser de, ne pas laisser que de,* c'est-à-dire, ne pas cesser, ne pas s'abstenir, ne pas discontinuer de, ne pas empêcher que, etc. (Acad.)

55ᵉ EXERCICE.

1. On dirait d'un fou (*Acad.*).

On dirait [que ce sont les actes, les paroles] d'un fou.

2. On dirait un fou.

On dirait [que c'est] un fou.

3. Il eut beau dire, on le conduisit en prison (*Acad.*).

4. Vous l'avez beau (*id.*).

Vous l'avez beau [le jeu, le sujet] (1).

5. Vous ne l'aurez jamais plus belle (*id.*).

Vous ne l'aurez jamais plus belle (l'occasion).

6. Quelque chose qu'il ait dite, on ne l'a pas écouté.

[Supposons, imaginons] qu'il ait dit chose quelque (quelconque), etc.

7. Vous me la donnez belle (*Acad.*).

Vous me la donnez belle (la menterie).

8. Voilà d'où il tire son origine.

Voilà (vois là) [le lieu] d'où il tire son origine.

9. Tant il est difficile d'être modéré dans la bonne fortune.

Tant (tellement) il (ceci) *savoir* d'être modéré dans la bonne fortune, est difficile.

10. Ne laissons pas cependant de publier ce miracle de nos jours (*Bossuet*).

56ᵉ EXERCICE.

1. Vous aurez à le remercier.

2. Pour peu qu'on le touche, il crie.

Pour est ici adverbe et a le sens de *quelque* (quelque peu) ou de si (si peu) (2).

---

(1) Ce gallicisme vient de l'expression proverbiale *donner beau jeu à quelqu'un*, qui signifie lui présenter une occasion favorable. On dit aussi avec ellipse, *le donner beau à quelqu'un.*

(2) Corneille a dit : *Pour grands que sont les rois, ils sont ce que nous sommes,* c'est-à-dire; *si* grands que sont les rois, *quelque* grands qu'ils soient, quoiqu'ils soient grands.

3. C'est peu de chose, et cependant cela ne laisse pas que de m'inquiéter.

4. Lorsqu'il semblait céder, il ne laissait pas de se faire craindre (*Fléchier*).

5. Il fait beau voir deux armées se disposer au combat (*Acad.*).

(Voyez 45ᵉ exercice, phrase 9.)

6. Quelques richesses que vous ayez, ne comptez jamais sur la fortune.

[J'admets *ou* je suppose] que vous ayez des richesses quelques (quelconques), etc.

7. Tant s'en faut qu'il y consente, qu'au contraire il y répugne (*Acad.*).

[Il *ou* ceci *savoir*] qu'il y consente s'en faut (manque) tant (tellement), qu'au contraire il y répugne.

8. Adieu, messieurs (1).

9. Le lait tombe ; adieu veau, vache, cochon, couvée (*La Fontaine*).

10. Craignez Dieu, observez sa loi : voilà toute la sagesse.

Exercices généraux.

57ᵉ EXERCICE.

Le premier d'entre ces vieillards ouvrit le livre des lois de Minos. C'était un grand livre qu'on tenait d'ordinaire renfermé dans une cassette d'or, avec des parfums. Tous ces vieillards

---

(1) *Adieu* vient évidemment de l'expression *à Dieu* devant laquelle on a sous-entendu *je vous recommande*. Ainsi l'on a dit d'abord elliptiquement, *à Dieu, mon ami* ; puis on a réuni la préposition au nom et l'on a eu le mot composé *adieu*, expression qui équivaut au *vale*, *valete* (porte-toi bien, portez-vous bien) des Latins, terme de civilité et d'amitié, comme dit l'Académie, dont on se sert en prenant congé de quelqu'un. Ce mot est même devenu substantif : *Un dernier adieu. Les adieux d'Hector et d'Andromaque* (Acad.), et il s'emploie comme complément direct du verbe *dire*, exprimé ou sous-entendu : *Je ne veux vous dire que bonjour et adieu.* (Acad.) *Adieu, monsieur*, signifie donc *je vous dis adieu, monsieur.*

Le mot *adieu* s'est dit ensuite figurément en parlant d'une personne ou d'une chose qu'on risque de perdre, ou dont on est forcé de se séparer, de la chose à laquelle on est obligé de renoncer ou qui est perdue pour nous : *Si la fièvre*

la baisèrent avec respect ; car ils disent qu'après les dieux, de qui les bonnes lois viennent, rien ne doit être si sacré aux hommes que les lois destinées à les rendre bons, sages et heureux. Ceux qui ont dans leurs mains les lois pour gouverner les peuples, doivent toujours se laisser gouverner eux-mêmes par les lois. C'est la loi, et non pas l'homme qui doit régner. Tel était le discours de ces sages (*Fénelon*).

58e EXERCICE.

Les légions distribuées pour la garde des frontières, en défendant le dehors affermissaient le dedans. Ce n'était pas la coutume des Romains d'avoir des citadelles dans leurs places, ni de fortifier leurs frontières ; et je ne vois guère commencer ce soin que sous Valentinien Ier. Auparavant on mettait la force et la sûreté de l'empire uniquement dans les troupes, qu'on disposait de manière qu'elles se prêtaient la main les unes les autres. Au reste, comme l'ordre était qu'elles campassent toujours, les villes n'en étaient point incommodées, et la discipline ne permettait pas aux soldats de se répandre dans la campagne (*Bossuet*).

59e EXERCICE.

Malheur à moi! s'écriait Mathathias dans les accès d'un saint zèle. Faut-il que je sois né, et que j'aie vécu si longtemps pour voir dans ma vieillesse la ruine de ma patrie, l'oppression de mon peuple et le renversement de la ville sainte ! Que fais-je sur la terre, tandis que la cité du Dieu vivant est en proie à la fureur de ses ennemis ; le sanctuaire abandonné aux profanes ; notre auguste temple dépouillé de ses trésors, souillé d'abominations, rempli d'infâmes idoles, et traité par les impies

---

vient à redoubler, adieu le malade (Acad.); c'est-à-dire, *le malade dira adieu* (partira, mourra). *Si vous touchez à ce plateau, adieu à mes porcelaines* (Acad.); c'est-à-dire, *mes porcelaines me diront adieu* (partiront, seront brisées, détruites). *Adieu veau, vache, cochon, couvée;* c'est-à-dire, *veau, vache, cochon, couvée dirent adieu* (partirent, disparurent, furent anéantis).

comme on traite un homme de néant et d'une réputation perdue? Les plus nobles habitants de Jérusalem, qui faisaient
toute sa gloire, sont mis aux fers et emmenés en captivité (*Le
P. Berruyer*).

60ᵉ EXERCICE.

Que vois-je depuis deux siècles? Des régions immenses qui
s'ouvrent tout-à-coup; un nouveau monde inconnu à l'ancien
et plus grand que lui. Gardez-vous bien de croire qu'une si
prodigieuse découverte ne soit due qu'à l'audace des hommes.
Dieu ne donne aux passions humaines, lors même qu'elles
semblent décider de tout, que ce qu'il leur faut pour être les
instruments de ses desseins; ainsi l'homme s'agite, mais Dieu
le mène. La foi, plantée dans l'Amérique parmi tant d'orages,
ne cesse pas d'y porter des fruits. Peuples des extrémités de
l'Orient, votre heure est venue. Alexandre, ce conquérant rapide que Daniel dépeint comme ne touchant pas la terre de ses
pieds, s'arrêta bien loin en deçà de vous; mais la charité va
plus loin que l'orgueil *(Fénelon)*.

61ᵉ EXERCICE.

Amis, leur ai-je dit, voici le jour heureux
Qui doit conclure enfin nos desseins généreux ;
Le ciel entre nos mains a mis le sort de Rome,
Et son salut dépend de la perte d'un homme,
Si l'on doit le nom d'homme à qui n'a rien d'humain,
A ce tigre altéré de tout le sang romain.
Combien pour le répandre a-t-il formé de brigues,
Combien de fois changé de partis et de ligues!
Tantôt ami d'Antoine et tantôt ennemi,
Et jamais insolent ni cruel à demi.   *(Corneille.)*

62ᵉ EXERCICE.

Le lion devenu vieux.

Le lion, terreur des forêts,
Chargé d'ans et pleurant son antique prouesse,

Fut enfin attaqué par ses propres sujets,
     Devenus forts par sa faiblesse.
Le cheval s'approchant lui donne un coup de pied ;
Le loup, un coup de dent ; le bœuf, un coup de corne.
Le malheureux lion, languissant, triste et morne,
Peut à peine rugir, par l'âge estropié.
Il attend son destin, sans faire aucunes plaintes ;
Quand voyant l'âne même à son antre accourir :
« Ah ! c'est trop, lui dit-il, je voulais bien mourir ;
Mais c'est mourir deux fois que souffrir tes atteintes. »
                (*La Fontaine.*)

63ᵉ EXERCICE.

Le bonheur de l'impie est toujours agité ;
Il erre à la merci de sa propre inconstance.
     Ne cherchons la félicité
      Que dans la paix et l'innocence.
Nulle paix pour l'impie. Il la cherche, elle fuit ;
Et le calme en son cœur ne trouve point de place :
     Le glaive au-dehors le poursuit,
     Le remords au-dedans le glace.
La gloire des méchants en un moment s'éteint ;
     L'affreux tombeau pour jamais les dévore.
Il n'en est pas ainsi de celui qui te craint ;
Il renaîtra, mon Dieu, plus brillant que l'aurore.
                (*Racine.*)

64ᵉ EXERCICE.

ATHALIE. Comment vous nommez-vous?
             JOAS. J'ai nom Éliacin.
ATHALIE. Votre père ?
          JOAS. Je suis, dit-on, un orphelin,
Entre les bras de Dieu jeté dès ma naissance,
Et qui de mes parents n'eus jamais connaissance.
ATHALIE. Vous êtes sans parents !
            JOAS. Ils m'ont abandonné.

ATHALIE. Comment ! et depuis quand ?

JOAS. Depuis que je suis né.

ATHALIE. Ne sait-on pas au moins quel pays est le vôtre ?

JOAS. Ce temple est mon pays, je n'en connais point d'autre.

ATHALIE. Où dit-on que le sort vous a fait rencontrer ?

JOAS. Parmi des loups cruels prêts à me dévorer.

(*Racine.*)

FIN.

TABLE DES MATIÈRES.

FIN DE LA TABLE DES MATIÈRES.

Coulommiers. — Imprimerie de A. MOUSSIN.

LE

COURS COMPLET DE LANGUE FRANÇAISE

se divise de la manière suivante :

PREMIÈRE PARTIE.

Grammaire élémentaire (livre de l'élève), 1 vol. in-12. Prix, cart. » 75

Grammaire élémentaire (livre du maître), 1 vol. in-12. Prix, cart. 1 25

Exercices sur la grammaire élémentaire (livre de l'élève), 1 vol. in-12. Prix, cart. 1 25

Exercices sur la grammaire élémentaire (livre du maître), 1 vol. in-12. Prix, cart. 2 »»

Cahier de la conjugaison, 1 vol. in-12. Prix, br. » 20

Exercices sur la conjugaison des verbes (*livre de l'élève*), 1 vol. in-12. Prix, cart. » 80

(*Livre du maître*), 1 vol. in-12. Prix, cart. 1 50

Nota. *Les Exercices se vendent en outre par cahiers de 24, 48 et 96 pages.* — Prix : 20, 35 et 70 cent.

Leçons et exercices gradués d'analyse grammaticale (*partie de l'élève*), 1 vol. in-12. Prix, cart. » 80

(*Partie du maître*), 1 vol. in-12. Prix, cart. 1 50

Leçons graduées et exercices d'analyse logique (livre de l'élève), 1 vol. in-12. Prix, cart. 1 »»

(Livre du maître), 1 vol. in-12. Prix, cart. 2 »»

Exercices sur les homonymes et les paronymes, 1 vol. in-12; (il n'y a pas de livre pour le maître). Prix, cart. 1 25

Cours de dictées, 1 vol. in-12. Prix, cart. 2 50

(Il n'y a point de livre pour l'élève.)

DEUXIÈME PARTIE.

Grammaire et compléments (livre de l'élève), 1 vol. in-12. 1 50

—   —   (livre du maître), 1 vol. in-12. 2 25

Exercices sur la grammaire (livre de l'élève), 1 vol. in-12. 1 50

—   —   (livre du maître), 1 vol. in-12. 2 50

TROISIÈME PARTIE.

Cours de composition française. 1 vol. in-12.

Corrigé des exercices de composition française. 1 vol. in-12.

———

Le traité des participes est sous presse.

———

Coulommiers. — Imprimerie de A. MOUSSIN.

www.ingramcontent.com/pod-product-compliance
Lightning Source LLC
Chambersburg PA
CBHW070745280626
47162CB00017B/2362